CW01648391

LE MYSTÈRE DE LA CRYPTE ENSORCELÉE

Eduardo Mendoza, auteur du *Mystère de la crypte ensorcelée*, de *La Vérité sur l'affaire Savolta*, de *L'Île enchantée*, de *La Ville des prodiges* élu « Meilleur livre de l'année » en 1989 par le magazine *Lire*, et d'*Une comédie légère*, prix du Meilleur livre étranger 1998, est né à Barcelone en 1943. Il est l'un des auteurs espagnols les plus lus et les plus traduits de ces dernières années. Il a reçu en France le prix du meilleur livre étranger, en 1998, pour *Une Comédie Légère*.

DU MÊME AUTEUR

Le Labyrinthe aux olives
Le Seuil, 1985
et « Points » n°460

La Vérité sur l'affaire Savolta
Flammarion, 1987
et « Points » n° 461

La Ville des prodiges
Le Seuil, 1988
et « Points » n° 46

L'Île enchantée
Le Seuil, 1991
et « Points » n° 657

L'Année du déluge
Le Seuil, 1993
et « Points » n° 38

Sans nouvelles de Gurb
Le Seuil, « Point-Virgule » n° 12, 2001

Une comédie légère
Le Seuil, 1998
et « Points » n° 658

L'Artiste des dames
Le Seuil, 2002
et « Points » n° 1076

Le Dernier Voyage d'Horatio II
Le Seuil, 2004
et « Points » n° 1343

Eduardo Mendoza

LE MYSTÈRE DE LA CRYPTE ENSORCELÉE

ROMAN

Traduit de l'espagnol
par Anabel Herbout
et Edgardo Cozarinsky

Éditions du Seuil

TEXTE INTÉGRAL

TITRE ORIGINAL
El misterio de la cripta embrujada
ÉDITEUR ORIGINAL
Editorial Seix Barral, Barcelone

ISBN original : 84-322-1380-2
© Eduardo Mendoza, 1979

ISBN 2-02-033306-6
(ISBN 2-02-006048-5, édition brochée
ISBN 2-02-010290-0, 1re publication poche)

© Éditions du Seuil, 1982, pour la traduction française

Le Code de la propriété intellectuelle interdit les copies ou reproductions destinées à une utilisation collective. Toute représentation ou reproduction intégrale ou partielle faite par quelque procédé que ce soit, sans le consentement de l'auteur ou de ses ayants cause, est illicite et constitue une contrefaçon sanctionnée par les articles L. 335-2 et suivants du Code de la propriété intellectuelle.

1

Une visite inattendue

Nous étions partis pour gagner, nous pouvions y arriver. La tactique conçue par moi – qu'on me passe l'immodestie ! –, le dur entraînement auquel j'avais soumis les garçons, le cran qu'à force de menaces je leur avais inculqué : autant d'éléments en notre faveur. Tout allait bien ; nous étions sur le point de marquer un but ; l'ennemi s'effondrait. C'était une belle matinée d'avril ensoleillée et je notai en douce que les mûriers bordant le terrain semblaient couverts d'un aromatique duvet jaunâtre, indice de printemps. A partir de là, tout commença à aller mal : le ciel se couvrit sans avis préalable et Carrascosa, le type de la salle 13, que j'avais chargé d'assurer une défense musclée à technique contondante, se jeta sur le sol en criant qu'il ne voulait pas voir ses mains tachées de sang humain – ce que personne ne lui avait demandé – et que, du ciel, sa mère lui reprochait son agressivité, pas moins coupable pour avoir été inculquée. Par bonheur, mes fonctions d'avant se doublant de celles d'arbitre, je réussis, non sans déclencher les protestations, à annuler le but qu'ils venaient de nous assener. Mais je savais qu'une fois la détérioration entamée, personne ne l'arrêterait plus et que notre avenir sportif pendait, pour ainsi dire, à un fil. Quand je vis que Tonito se mettait à donner des coups de tête dans le poteau des buts ennemis, laissant filer les passes longues et, pourquoi le nier, précises que je lui lançais du milieu du terrain, je compris qu'il n'y avait plus rien à faire, que nous ne serions pas champions encore cette année-là.

Ça ne me gêna donc pas outre mesure que le docteur Chulferga, si tel est bien son nom, car je ne l'avais jamais vu écrit et je suis un peu dur de la feuille, me fasse signe d'abandonner la partie et de le rejoindre au-delà de la ligne de réparation ; il voulait me dire je ne sais quoi. Le docteur Chulferga était jeune, bas sur pattes, carré de corps, et se payait une barbe aussi épaisse que le verre de ses lunettes couleur caramel. Il était arrivé depuis peu d'Amérique du Sud, et déjà personne ne l'aimait. Je le saluai avec ce qu'il fallait de déférence pour dissimuler mon trouble.

– Le docteur Sugranes veut te voir, me dit-il.

Et moi de lui renvoyer la balle :

– Ce sera un plaisir.

Cette affirmation ne lui arrachant pas même un sourire, j'ajoutai tout de go :

« S'il est bien vrai que l'exercice tonifie notre système aliéné...

Le docteur se contenta de faire demi-tour et s'éloigna à grandes enjambées, en vérifiant de temps en temps que je le suivais. Depuis l'histoire de son article dans le journal, il était devenu méfiant : il avait écrit un texte intitulé « Dédoublement de la personnalité, délire lubrique et rétention d'urine » ; abusant de sa naïveté de nouveau venu, *Fuerza Nueva* fit voir le jour à l'article sous le titre « Ébauche de la personnalité monarchique », avec la signature du docteur qui le prit très mal. Il lui arrivait de s'exclamer amèrement, en pleine thérapie :

– Dans ce pays de merde, même les fous sont fashits.

Il s'exprimait ainsi et pas comme nous, qui épelons toutes les lettres au fur et à mesure qu'elles se présentent.

Pour l'ensemble des raisons que j'ai exposées, j'obéis à ses ordres sans répliquer. J'aurais pourtant aimé demander la permission de me doucher et de changer de vêtements : j'avais transpiré et j'ai quelque propension à sentir mauvais, spécialement quand je séjourne dans des lieux clos. Mais je me tus. Nous parcourûmes un sentier de gravillons bordé de tilleuls, gravîmes les degrés de marbre et entrâmes dans le vestibule de l'édifice du sanatorium, ou sanatorium proprement dit, dont la voûte faite de vitres plombées diffusait une lumière d'ambre qui paraissait conserver la fraîcheur limpide des derniers jours de l'hiver. Au fond du vestibule, à droite de la statue de saint Vincent de Paul, entre le socle de celle-ci et l'escalier où courait un tapis – l'escalier dit des visiteurs – se trouvait la salle d'attente, prémisse du bureau du docteur Sugranes, dans laquelle, comme de coutume, s'entassaient quelques revues périmées, et couvertes de poussière, de l'Automobile Club. Au bout de cette salle d'attente se trouvait l'entrée du bureau du docteur Sugranes en personne, une lourde porte d'acajou sur laquelle mon accompagnateur frappa de l'index. Une petite lumière verte s'alluma sur un minuscule signal lumineux encastré dans le montant de la porte. Le docteur Chulferga entrouvrit, passa la tête dans l'entrebâillement et murmura quelques mots. Puis il dégagea très vite sa tête qu'il replaça au-dessus de ses épaules, ouvrit largement le lourd vantail et me fit signe d'entrer dans le cabinet, ce que j'exécutai avec un certain trouble. Il n'était, en effet, ni fréquent ni de bon augure que le docteur Sugranes me convoquât hors de notre entretien trimestriel, qui n'était fixé pour lors que dans cinq semaines. Et qui sait si ce ne fut pas mon désarroi qui m'empêcha de remarquer – quoique je sois bon observateur – la présence de deux autres personnes, en sus du docteur Sugranes, dans le bureau ?

– Vous permettez, monsieur le directeur ?

Ma voix me parut chevrotante, posée trop haut ; j'articulais mal.

– Entre, entre, n'aie pas peur, me répondit le docteur Sugranes, interprétant mes inflexions verbales avec son adresse coutumière. Tu vois : tu as de la visite !

Je dus regarder fixement un diplôme suspendu au mur pour dissimuler que je claquais des dents.

« Tu ne viens pas saluer ces aimables personnes ? ajouta le docteur Sugranes, en guise de cordial ultimatum.

Faisant un suprême effort, je tentai de mettre de l'ordre dans mes pensées : en premier lieu, je devais enquêter sur l'identité des visiteurs, sans quoi il me serait impossible d'éclaircir les motifs de leur comparution et, par suite, de m'y dérober. Pour ce faire, il me fallait voir leurs visages, car je ne pourrais arriver à savoir de qui il s'agissait par simple déduction, étant donné que je n'avais pas d'amis et que je n'avais reçu aucune visite durant les cinq années que j'avais passées confiné au sanatorium, mes parents les plus proches s'étant désintéressés de moi, non sans raison. Je me retournai donc très lentement, cherchant à ce que mes mouvements passent inaperçus, ce que je ne pus réussir, les six yeux du docteur Sugranes et des deux autres étant rivés sur moi. Je vis alors ce que je vais maintenant décrire : face à la table du docteur Sugranes, sur les deux fauteuils de cuir – c'est-à-dire sur les fauteuils qui avaient été recouverts de cuir jusqu'à ce que Jaimito Bullion s'oublie sur l'un d'entre eux et qu'il soit nécessaire de les recouvrir tous deux, par souci de symétrie, d'un skaï mauve lavable à la machine – étaient assises deux personnes. Je décrirai l'une d'entre elles : dans le fauteuil proche de la fenêtre, proche bien sûr par comparaison avec l'autre fauteuil, car entre le premier fauteuil, celui qui était proche de la fenêtre, et celle-ci, il y avait un ample espace, destiné à accueillir un cendrier à pied, un beau cendrier de verre qui couronnait une colonne de bronze haute de un mètre environ, et je dis couronnait, parce que, depuis que Rebolledo avait essayé de la briser, la colonnette, sur la tête du docteur Sugranes, tous deux, la colonnette et le cendrier, avaient été enlevés de là et remplacés par du néant ; à cet endroit, donc, il y avait une femme d'âge indéfini, encore que je lui donnai la cinquantaine mal portée, une femme à l'allure et aux traits distingués malgré ses nippes ; elle tenait, en guise de sac, sur ses genoux couverts d'une jupe plissée de Tergal, une mallette de médecin oblongue et avachie, avec une corde en place de poignée. La dame susdite souriait lèvres closes, mais son regard était scrutateur et ses sourcils, fournis, froncés, ce qui faisait qu'une ride parfaitement horizontale sillonnait son front, autrement aussi lisse que le reste de son épiderme, dépourvu de toute trace de cosmétique, mais non d'une ombre ténue de moustache. De tout ce qui précède, je déduisis que je me trouvais en présence d'une nonne, raisonnement qui, de ma part, ne manquait pas de mérite, car lorsqu'on m'avait enfermé, il n'était pas encore courant, comme apparemment cela le devint par la suite, que les religieuses se passent de leurs habits propres, au moins hors les murs du couvent ; si bien que, les choses étant ce qu'elles sont, je fus aidé à tirer cette conclusion du fait qu'elle portait un petit crucifix accroché à sa poitrine, un scapulaire autour du cou et un chapelet entrelacé avec sa ceinture. Je décrirai à présent l'autre personne, ou, si l'on veut, la personne qui occupait l'autre fauteuil, le plus proche de la porte quand on entre par celle-ci ; c'était, comment dirais-je, un homme d'âge moyen, proche par l'âge de la nonne et, pensai-je en moi-même, du docteur Sugranes, bien que je repoussasse le soupçon qu'il pût y avoir un dessein en cette rencontre ; ses traits, légèrement vulgaires, n'avaient d'autre caractéristique digne de mention que celle d'être très connus de moi, vu qu'ils correspondaient ou, pour parler avec plus de rigueur conceptuelle, qu'ils appartenaient au commissaire Flores, il conviendrait même de dire ils *étaient* le commissaire Flores, attendu qu'il n'y a pas lieu d'imaginer sans ses traits un commissaire non plus *mutatis mutandis* qu'aucun autre être humain de la Brigade d'Investigation Criminelle. Remarquant qu'il était devenu complètement chauve, en dépit des potions et des mucilages qu'il s'appliquait depuis des années, je lui dis :

– Commissaire Flores, le temps ne passe pas pour vous.

Ce à quoi il me répondit silencieusement en agitant la main devant ses traits, auxquels j'ai déjà fait allusion, comme pour dire :

– Et toi, ça va ?

Pour comble, le docteur Sugranes pressa un bouton de son interphone, lequel était posé sur son bureau, et dit à la voix qui s'en échappa :

– Amenez un Pepsi-Cola, Pepita.

Sans doute pour moi ! Fait devant quoi je ne pus réprimer un sourire de satisfaction, que ma réserve dut transformer en rictus.

Et à présent, sans plus de préambule, je décrirai la conversation qui eut lieu dans ce même bureau.

« Je suppose que tu te souviens du commissaire Flores, commença le docteur Sugranes en s'adressant à moi. Il t'a arrêté, interrogé, et parfois même bousculé, chaque fois que, hum, hum, le dérèglement psychique t'induisait à commettre des actes antisociaux.

A quoi je répondis affirmativement.

« Tout cela, évidemment, sans qu'il s'y mêle, tu le sais bien, aucune animosité. En plus, vous m'avez signalé, lui et toi, que vous aviez, à l'occasion, travaillé ensemble, je veux dire que tu lui avais rendu service de façon désintéressée : ce qui constitue à mon sens une preuve de l'ambivalence de ton attitude d'antan.

A quoi j'acquiesçai derechef, le fait étant que je n'avais pas, dans mes mauvaises passes, toujours dédaigné de jouer les indicateurs de police, en échange d'une éphémère tolérance et au prix, pour changer, de susciter la malveillance de mes confrères en rupture de ban avec la législation en vigueur, ce qui m'avait procuré plus de déboires que d'avantages, à long terme.

Convoluté et sibyllin, comme il sied à qui a gravi l'échelle hiérarchique pour atteindre une position prééminente dans sa sphère d'activités, le docteur Sugranes interrompit là son propos et se dirigeant, oralement veux-je dire, vers le commissaire Flores qui écoutait la Faculté, un havane éteint entre les lèvres, paupières mi-closes, comme s'il méditait sur les vertus du précité, entendez le havane !

« Commissaire, dit-il en me désignant au commissaire

tout en parlant, vous êtes en présence d'un homme nouveau, duquel nous avons éradiqué tout vestige d'insanité, succès duquel nous ne devons pas nous vanter, nous, médecins, parce que, comme vous savez fort bien, dans notre branche professionnelle, la guérison dépend pour un pourcentage élevé de la volonté du patient, et dans le cas qui nous occupe il me revient la satisfaction de manifester que le patient (il me désigna à nouveau, comme s'il y avait eu plus d'un patient dans le bureau) a fourni pour sa part un effort tellement remarquable que, loin de qualifier son comportement de délictueux, je le qualifierai d'exemplaire. La nonne ouvrit alors la bouche pour dire :

– Docteur, si vous me permettez une question qui, à vous, docte en la matière, paraîtra sûrement futile : pourquoi ce, hum, hum, sujet reste-t-il enfermé ?

Elle avait une voix métallique, un peu rauque. Je vis que les phrases sortaient de sa bouche comme des bulles dont les mots étaient seulement le revêtement extérieur qui, éclatant en sons, laissait à découvert un volume éthéré : la signification.

Sur ces entrefaites, le docteur Sugranes répondit, d'un ton de vulgarisateur :

– Voyez-vous, le cas qui nous occupe laisse apparaître une certaine complexité, car il est, excusez la comparaison, à califourchon sur deux discrétions. Cet, hum, hum, individu m'a été remis par l'autorité judiciaire qui avait sagement prescrit qu'il serait mieux soigné entre les murs d'une maison de santé qu'entre ceux d'une institution pénitentiaire. Pour cette raison, sa liberté ne relève pas de ma décision seule, mais, pour ainsi dire, d'une décision mixte. Or, c'est maintenant devenu un secret de polichinelle, qu'entre la Magistrature et l'Ordre des Médecins, que ce soit pour des raisons idéologiques ou par cécité corporative, il n'y a pas d'harmonie d'opinions. Que ce commentaire ne sorte pas d'ici.

Il sourit comme un homme qui est revenu de beaucoup de choses.

« Si ça ne dépendait que de moi, il y a longtemps que j'aurais signé son bulletin de sortie. De même, s'il n'avait pas été interné dans un asile, le sujet jouirait depuis plusieurs années du bénéfice de la liberté provisoire. Les choses étant, néanmoins, ce qu'elles sont, il suffit que je propose une mesure pour que le tribunal compétent tranche dans le sens contraire. Et vice versa, bien entendu. Que peut-on faire ?

Ce que disait le docteur Sugranes était exact. J'avais moi-même sollicité ma mise en liberté à plusieurs reprises et m'étais toujours heurté à des problèmes de juridiction insolubles. J'avais déjà passé un an et demi en paperasseries inutiles, volant le papier timbré de la recette du village pour légitimer des instances, qui me revenaient avec un coup de tampon rouge libellé « non valide » sans autre forme d'explication.

« Or voici, reprit le docteur après une pause, que la circonstance fortuite qui vous a conduits dans mon bureau – estimé commissaire, révérende mère – pourrait peut-être rompre le cercle vicieux dans lequel nous paraissons enfermés. N'est-ce pas ?

Les visiteurs marquèrent leur acquiescement dans leur fauteuil respectif. Et le docteur :

« Ce qui signifie que si je certifiais, du point de vue médical, que l'état de la, hum, hum, victime évolue favorablement et si vous, commissaire, de votre côté, souteniez mon diagnostic de votre opinion, disons, administrative, et si vous, mère, à votre tour et avec tact, laissiez échapper quelques mots respectueux au palais archiépiscopal, qu'est-ce qui empêcherait, dis-je, les autorités judiciaires...

Bien.

Je crois arrivé le moment de dissiper les doutes possibles qu'un aimable lecteur aura pu engranger jusqu'ici à mon égard. Je suis, en effet, ou plutôt j'ai été, sous une forme non alternative mais cumulative, un fou, un scélérat, un délinquant, un individu d'instruction et de culture déficientes du fait que je n'ai eu d'autre école que la rue, ni d'autre maître que les mauvaises fréquentations ; mais je n'ai jamais fait montre de la moindre sottise : les belles paroles enchâssées dans le bijou d'une syntaxe correcte peuvent m'éblouir quelques instants, brouiller ma perspective, troubler ma représentation de la réalité ; mais ces effets-là ne sont pas durables ; mon instinct de conservation est trop aigu, mon attachement à la vie trop ferme, mon expérience des antagonismes humains trop amère ; tôt ou tard la lumière se fait dans mon cerveau et je comprends ; comme je compris alors que la conversation à laquelle j'assistais avait été préalablement orchestrée et répétée sans autre objet que celui de m'imprégner d'une idée. Mais laquelle ? Celle que je devrais rester au sanatorium jusqu'à la fin de mes jours ?

« ... démontrer en somme que le, hum, hum, spécimen que nous avons ici n'est ni régénéré, ni réhabilité, car ce sont là des mots qui présupposent la faute (le docteur Sugranes s'adressait de nouveau à moi et je déplorai que mes cogitations ne m'eussent pas permis d'écouter les deux premières propositions de la péroraison), et que pour cette raison je déteste (l'essence du psychiatre parlait par sa bouche), mais, comprenez-moi bien, réconcilié avec lui-même et avec la société, harmonisés en un tout réciproque. Vous m'avez compris ? Ah ! Voici le Pepsi-Cola.

Dans des circonstances normales, je me serais jeté sur l'infirmière et j'aurais tenté de peloter d'une main les poires gonflées et juteuses qui se rebellaient contre le neigeux amidon de son uniforme, tout en arrachant de l'autre le Pepsi-Cola, pour le boire au goulot et peut-être exhaler à la fin quelques rots de satiété. Mais, pour lors, je ne fis rien de semblable. Je ne fis rien de semblable parce que je réalisais qu'entre ces quatre murs, ceux qui structuraient le bureau du docteur Sugranes, se mijotait une affaire de ma juridiction ; et qu'il était essentiel pour la bonne fin de l'entreprise que je fisse montre de circonspection, ce pour quoi j'attendis que l'infirmière – dont j'essayais d'écarter l'image entrevue, par le trou de la serrure des toilettes, à l'occasion d'une de ses évacuations qu'il m'avait été donné d'épier – remplît le verre de carton du liquide marron pétillant et me le tendît comme elle aurait dit : « bois-moi ». J'eus même la prudence de placer mes lèvres de part et d'autre du bord du verre et non à l'intérieur du récipient comme j'ai l'habitude de faire en ces cas-là, et de boire à petites gorgées en évitant d'ingurgiter d'un trait : sans bruits ni tremblements, et, surtout, sans trop écarter mes bras de mon corps afin d'éviter que ne se répande dans l'atmosphère l'âcre relent de mes aisselles. Je bus donc un bon moment avec un parfait contrôle de mes mouvements, au prix toutefois de perdre ce qui se disait alors dans la pièce ; quand, malgré la délicieuse nausée produite par ce savoureux breuvage, je recommençai à tendre l'oreille, j'entendis ceci :

« Alors, nous sommes tous d'accord ?

– Pour ma part, dit le commissaire Flores, il n'y a pas d'inconvénient majeur dès l'instant où le, hum, hum, spécimen acquiesce à la proposition.

Ce que je fis inconditionnellement, bien que je ne susse pas encore à quoi j'acquiesçais, vu ma conviction qu'une décision prise par les représentants des plus grands pouvoirs sur cette terre, c'est-à-dire Justice, Science et Divinité, même si elle ne devait pas nécessairement rebondir à mon bénéfice, n'était pas pour autant susceptible d'objection.

– Étant donné que ce, hum, hum, personnage, annonça le docteur Sugranes, est en tout d'accord avec ce qui s'est dit, je vous laisserai seuls pour que vous lui communiquiez les antécédents. Et comme je suppose que vous ne désirez pas être dérangés, je vais vous montrer le fonctionnement de l'ingénieux signal lumineux que j'ai fait installer à ma porte, comme vous l'aurez remarqué. Le fait est que si vous poussez ce bouton rouge, la petite lampe de même couleur qui clignote dehors s'allume, indiquant que sous aucun prétexte l'occupant de cette pièce ne doit être incommodé. La lumière verte indique exactement le contraire. Et l'orange, pour utiliser un terme propre au code de la circulation, quoique pour moi ce soit et cela s'appelle le jaune, signifie que, même si l'occupant préfère un isolement discret, il ne s'oppose pas à être prévenu en cas de gravité extrême, option dont on laisse le choix au jugement de l'utilisateur. Comme c'est la première fois que vous utilisez ce mécanisme, je suggère que vous vous limitiez au rouge et au vert, de manipulation plus facile. Si vous avez besoin d'un quelconque éclaircissement, vous pouvez me le demander à moi-même ou à cette infirmière qui se trouve encore ici et qui tient, dans l'oisiveté, une bouteille vide d'un modèle non consigné.

Sur ces mots, non sans d'abord se lever et parcourir la distance qui séparait son siège de la porte, qu'il ouvrit, il sortit, accompagné de Pepita, l'infirmière, avec laquelle je le soupçonne d'avoir probablement eu une affaire quoique, il faut le dire, je ne les aie jamais surpris en flagrant délit, malgré des heures consacrées à surveiller leurs allées et venues, et l'envoi de divers plis anonymes à l'épouse du docteur, expédiés sans autre but que de rendre les coupables nerveux et de les induire à l'erreur.

Dans la tessiture où je me trouvais, et au lieu de faire ce que toute personne normale aurait fait, posée de la sorte, à savoir n'importe quoi pour jouer avec le signal lumineux, je m'abstins de proposer une telle transaction et, comme preuve de ma perspicacité, laissai le commissaire Flores l'actionner à sa guise ; après quoi, il revint s'asseoir et dit en s'adressant à moi :

– Je ne sais pas si tu te souviens de l'étrange affaire qui s'est déroulée voici maintenant six ans, entre les murs du collège des sœurs lazaristes de Saint-Gervais. Fais un effort mental.

Je n'en eus aucun à faire car j'avais conservé en souvenir de cette histoire un trou, au beau milieu de la bouche, cadeau du commissaire Flores en personne, lequel m'avait fait sauter une canine, persuadé que privé d'un croc j'allais lui fournir une information que, pour mon malheur, je ne possédais point ; étant acquis que, si je l'avais eue, je serais aujourd'hui propriétaire d'une canine de plus, celle dont je me suis vu obligé de me passer depuis ce jour-là, l'odontologie n'étant pas à ma portée. En dépit de quoi et comme effectivement mes connaissances de l'affaire en son temps étaient restées très maigres, je le priai de bien vouloir avoir la bonté de me mettre au courant de tous les détails, en échange de quoi je lui promettais la coopération maximale. Je dis tout cela les lèvres serrées, pour éviter que la vision de l'orifice créé par la canine absente ne l'incitât à procéder identiquement avec l'autre. Le commissaire demanda derechef à la religieuse qui, nonobstant son silence, était bien là, toujours présente, l'autorisation d'allumer un havane, avec l'intention de le savourer : ce qu'il fit une fois la permission obtenue, en même temps qu'il se calait dans son fauteuil, exhalait, par la bouche et le nez, des spirales de fumée et racontait ce qui va constituer l'essentiel du second chapitre.

2

La relation du commissaire

– Le collège des sœurs lazaristes, tu ne l'ignores sans doute pas – commença-t-il par dire en observant la façon dont le prix du havane se dissipait en fumée –, est situé aux abords d'un de ces raidillons paisibles et sinueux qui caractérisent l'aristocratique quartier Saint-Gervais, dont la vogue, il est vrai, a bien baissé de nos jours. Il s'enorgueillit de recruter ses élèves parmi les meilleures familles de Barcelone. A fins lucratives, s'entend. Mère, corrigez-moi si je me trompe. Le collège, cela va de soi, est exclusivement féminin et fonctionne sous le régime de l'internat. Pour mettre une dernière touche au tableau, j'ajouterai que les élèves portent toutes un uniforme gris, spécialement conçu pour éclipser des turgescences naissantes. Un halo d'impénétrable honorabilité ceint l'institution. Tu suis ?

Je dis oui une fois de plus, quoique mes doutes ne fussent pas encore dissipés ; le fait est que j'aspirais à entendre la partie scabreuse de l'histoire, dont je pensais qu'elle ne tarderait plus à sortir mais qui, mieux vaut honnêtement vous en prévenir, ne vint pas.

« Toujours est-il, continua le commissaire Flores, qu'au matin du 7 avril, il y a six ans, c'est-à-dire en 1971, la personne chargée de vérifier que toutes ces demoiselles étaient levées, lavées, coiffées, habillées et prêtes à assister au saint sacrifice de la messe, remarqua l'absence de l'une d'entre elles dans les rangs. Elle questionna les camarades de l'absente, qui ne purent donner aucune explication. Elle se rendit au dortoir et trouva le lit vide. Elle poursuivit ses recherches dans la salle d'eau et ailleurs. Elle mena son enquête jusque dans les recoins les plus secrets de l'internat. En vain. Une élève avait disparu sans laisser de trace. De ses effets personnels, seul manquait le vêtement qu'elle portait sur elle, c'est-à-dire sa chemise de nuit. Sur la table de chevet de la disparue, on trouva sa montre-bracelet, des boucles d'oreilles en perles de culture et l'argent de poche dont elle disposait pour s'acheter des friandises à l'économat sis dans l'édifice et que les religieuses elles-mêmes administrent. Angoissée, la surveillante, dont il a été question ci-dessus, alla porter les événements à la connaissance de la mère supérieure, qui, à son tour, en fit courir le bruit dans la communauté religieuse. On pratiqua une nouvelle fouille sans obtenir de meilleurs résultats. A dix heures, à peu près, les parents de la disparue étaient prévenus et, à l'issue d'un bref conciliabule, l'affaire fut remise entre les mains de la police, personnifiées par celles que tu vois ici, ces mêmes deux mains par lesquelles une de tes canines sauta.

« Avec la célérité qui caractérisait les forces de l'ordre en cette ère prépostfranquiste, je me rendis sur les lieux, au collège, interrogeai autant de personnes qu'il me parut opportun de le faire, puis, ayant regagné le commissariat, j'ordonnai qu'on m'amenât quelques indicateurs, parmi lesquels tu avais la chance de te trouver, toi qui n'es qu'un minable délateur, et leur tirai habilement tous les renseignements qu'ils étaient en mesure de me fournir. A la tombée de la nuit, j'étais malheureusement arrivé à la conclusion que l'affaire ne comportait pas d'explication plausible. Comment une gamine avait-elle pu se lever au milieu de la nuit et forcer la porte du dortoir, sans réveiller fût-ce une seule de ses condisciples ? Comment avait-elle réussi à traverser les portes closes qui séparaient le dortoir du parc et qui sont, si mes calculs ne me trahissent pas, au nombre de quatre ou cinq, selon que l'on emprunte ou pas les urinoirs du premier étage ? Comment avait-elle pu passer par le jardin dans l'obscurité, sans laisser de trace sur le sol ni casser de fleurs ni, chose encore plus étrange, trahir sa présence auprès des deux mâtins que les religieuses prenaient soin de détacher chaque soir à l'issue de leurs dernières prières ? Comment avait-elle pu franchir la grille de quatre mètres de haut, couronnée de pointes aiguës, ou les murs, d'identique élévation, hérissés de tessons de verre et surmontés d'une torsade de fils de fer barbelés ?

– Comment ? demandai-je, aiguillonné par la curiosité.

– Mystère ! répondit le commissaire en secouant la cendre de son cigare sur le tapis (comme je l'ai dit précédemment, le cendrier et son support de bronze avaient été retirés du bureau depuis quelque temps, et le docteur Sugranes, lui, ne fumait pas). Mais les choses n'en restèrent pas là ; sinon je ne serais pas en train de te faire un si long préambule. Mes investigations venaient de commencer et semblaient déjà prendre mauvaise tournure quand je reçus un appel téléphonique de la mère supérieure ; laquelle d'ailleurs n'était pas celle que tu vois ici (il désigna du pouce la nonne, qui continuait à ne dire mot), mais une autre plus vieille et, cela dit avec tout le respect qui lui est dû, un peu sotte. Elle me pria de repasser au collège ; il était urgent qu'elle me parle. Point que je ne crois pas avoir mentionné, cela se passait le jour consécutif à la disparition de la fillette, au matin. C'est clair ? Bien. Comme je disais, je sautai dans la voiture de patrouille, mis en marche la sirène, exhibai par la fenêtre un poing menaçant, et réussis à faire le trajet via Layetana-Saint-Gervais en moins d'une demi-heure, malgré les embouteillages de la Diagonale.

« Dans le bureau de la mère supérieure, je me trouvai face à un couple, homme et femme, aux manières affables et aisées, qui se présentèrent sur mes instances comme père et mère de la disparue. Lesquels m'ordonnèrent illico, en vertu des facultés dont leur condition les investissait, de me désintéresser de l'affaire, ordre que la supérieure corrobora dans les termes les plus énergiques, bien que personne ne lui eût demandé son avis. Aventurant l'hypothèse que les ravisseurs de la jeune fille leur avaient imposé, Dieu sait sous quelles menaces, cette attitude, et persuadé que ladite attitude était à tous points de vue déconseillée, je les priai instamment d'y renoncer. Le père de l'adolescente rétorqua sur un ton de jactance uniquement imputable à une lointaine parenté avec Son Excellence : "Occupez-vous de vos affaires et je m'occuperai des miennes. – Si vous vous comportez ainsi, vous ne récupérerez jamais la petite", l'avertis-je fermement en reculant vers la sortie. Le père trancha : "La petite est retrouvée. Retournez à vos pronostics." C'est ce que je fis.

– Puis-je poser une question, monsieur le commissaire ?

– Ça dépend, me répondit le commissaire avec un geste de repli.

– Quel âge avait la petite en question, au moment de sa disparition ?

Le commissaire Flores jeta un coup d'œil en direction de la religieuse qui fronça les sourcils. Il se racla la gorge avant de dire :

– Quatorze ans.

– Merci, monsieur le commissaire. Ayez la bonté de poursuivre.

– Pour les besoins de la clarté de l'exposé, je préfère que ce soit la révérende mère qui prenne la parole.

Chose qu'elle fit avec une telle précipitation que je compris qu'elle mourait d'envie de parler depuis déjà un bon bout de temps.

– Selon mes informations, car je n'ai pas connaissance directe des faits qui nous occupent – le fait est que je dirigeais, quand ils se produisirent, une maison de retraite pour religieuses trop âgées ou trop jeunes dans la province d'Albacete –, la décision de couper net l'enquête dès son début, de la faire avorter devrais-je dire si le terme ne revêtait pas tant de connotations polémiques, provint des parents de la fillette et se heurta tout d'abord à l'opposition de la mère supérieure de l'époque, femme de caractère et de grand talent, soit dit en passant, également soucieuse du sort de sa pensionnaire et de la réputation du collège, considérés comme éléments d'un seul et même tout. Mais ses protestations furent inutiles devant la détermination des parents qui arguèrent de l'autorité paternelle qu'ils avaient sur leur fille et du montant des contributions qu'ils versaient annuellement à notre institution à l'occasion du Noël du Pauvre, de la Quinzaine de l'Ouvroir et du Jour du Fondateur, que nous célébrerons la semaine prochaine.

« Refoulant donc ses inquiétudes au fond de son cœur, la supérieure s'accommoda de leurs exigences et exhorta la communauté comme les élèves à garder un silence absolu au sujet de ce qui s'était passé.

– Excusez-moi de vous interrompre, ma sœur, dis-je. Il y a un point sur lequel je désirerais un éclaircissement : la fillette avait-elle vraiment reparu ?

La religieuse allait répondre quand des sons de cloche lui rappelèrent l'heure :

– Il est midi. Cela vous gêne-t-il si je me recueille un instant pour dire l'Angélus ?

Nous répondîmes qu'il ne manquerait plus que ça.

« Ayez la bonté d'éteindre votre cigare, dit la religieuse au commissaire.

Elle se recueillit et marmonna quelques prières puis, cela terminé, reprit :

« Vous pouvez rallumer votre cigare. Que vouliez-vous savoir ?

– Si la petite était réapparue...

– Ah... effectivement... (la prononciation de la sœur trahissait parfois ses humbles origines)... Le matin du second jour, après que toute la nuit précédente la congrégation eut imploré une intervention miraculeuse de la Vierge du Carmel, dont je porte, bien sûr, des scapulaires bénits dans ma poche, au cas où quelqu'un voudrait en acheter, les élèves remarquèrent avec une extrême surprise que leur camarade disparue occupait à nouveau le lit qui était le sien habituellement ; qu'elle se levait avec les autres et procédait en même temps qu'elles à sa toilette quotidienne, puis, une fois vêtue, allait se mettre en rang à l'entrée de la chapelle comme si rien d'anormal ne s'était passé. Respectant les consignes, ses compagnes gardèrent un absolu silence. Mais la personne chargée de vérifier que toutes les élèves s'étaient levées, lavées, peignées, habillées et étaient prêtes à assister au saint sacrifice de la messe – ou, si vous préférez, la surveillante, car c'est ainsi qu'on nomme la personne qui veille sur tout ce qui vient d'être énuméré – n'en fit pas autant. Attrapant par la main, ou peut-être par l'oreille, la réapparue, elle courut jusqu'au bureau de la supérieure, personne mûre, qui refusa également de faire crédit à ses yeux et à ses oreilles. Cette dernière voulut naturellement apprendre de la bouche de l'intéressée ce qui s'était passé, mais celle-ci ne put répondre à ses questions. Elle ne comprenait pas de quoi on lui parlait. Sa longue expérience des rapports avec les adolescentes et une considérable connaissance de la nature humaine en général permirent à la supérieure de se rendre compte que la petite ne mentait pas et qu'elle ne se trouvait pas non plus devant un cas franc d'amnésie partielle. Il ne restait pas d'autre remède que d'appeler les parents de la réapparue et de les mettre au courant des faits. Eux, accoururent prestement au collège et eurent avec leur fille une longue conversation secrète et mouvementée, au terme de laquelle ils réitérèrent la volonté déjà exprimée que l'affaire soit tenue pour close, sans expliciter pour autant les raisons de leur décision. La supérieure s'inclina, mais rétorqua à son tour qu'après ce qui s'était passé, elle se voyait dans l'obligation de prier les parents de reprendre leur enfant, qu'elle ne pouvait décemment réadmettre au collège. Elle leur indiqua d'ailleurs le nom d'un collège laïc où nous avons coutume d'envoyer les élèves un peu arriérées ou incorrigiblement turbulentes. Ainsi finit l'affaire de la fillette disparue.

La religieuse se tut. Le silence s'installa dans le bureau du docteur Sugranes. Je me demandais si ce serait tout. Il ne me paraissait pas logique que deux personnes accablées par leurs responsabilités respectives gaspillent leur temps et leur salive à me raconter pareille histoire. Je voulus les encourager à reprendre la parole, mais ne réussis qu'à bigler atrocement. La religieuse étouffa un cri et le commissaire jeta le bout de son cigare par la fenêtre en une parfaite parabole. Une autre minute embarrassante s'écoula, au bout de laquelle le cigare fit sa rentrée en volant par la même fenêtre, probablement lancé par l'un des pensionnaires qui avait dû penser qu'il s'agissait d'un test dont la solution satisfaisante pourrait lui valoir la liberté. Une fois passé l'intermède du cigare et après échange de quelques regards d'intelligence entre le commissaire et la religieuse, le premier murmura quelque chose à voix si basse que je n'eus pas le bonheur de rien saisir. Je l'implorai de répéter et, si c'est, effectivement, ce qu'il fit, ses mots furent :

– La chose vient de se reproduire.

– Qu'est-ce qui s'est reproduit ? demandai-je.

– Une autre fillette a disparu.

- Une autre ou la même ?

– Une autre, imbécile ! Est-ce qu'on ne t'a pas déjà dit que la première avait été renvoyée ?

– Et quand cela s'est-il passé ?

– Hier soir.

– Et dans quelles circonstances ?

– Les mêmes, sauf que tous les protagonistes étaient différents : l'adolescente disparue, ses camarades, la surveillante, puisque c'est ainsi qu'on l'appelle, et la supérieure, au sujet de laquelle je réitère mon opinion défavorable.

– Et les parents de la petite ?

– Et les parents de la petite, évidemment.

– Ce n'est pas évident. Il pourrait s'agir d'une sœur cadette de la précédente.

Le commissaire accusa le coup assené à sa vanité.

- Cela se pourrait, mais ce n'est pas le cas, se limita-t-il à répondre. En contrepartie, il serait idiot de nier que l'affaire ou les affaires, car il y a lieu d'admettre que nous nous trouvons devant deux épisodes semblables, s'ils sont deux, dégagent un fumet déplaisant. Inutile de dire, en plus, qu'aussi bien moi que la mère ici présente sommes anxieux que ce ou ces mystères soient réglés au plus vite, bien et sans aucun scandale qui puisse rejaillir sur l'exécutif des institutions par nous ici représentées. Nous avons besoin pour cela d'une personne qui connaisse les ambiances les moins reluisantes de notre société, une personne dont le nom puisse être éclaboussé sans préjudice pour nulle autre, capable d'effectuer le travail à notre place et de laquelle, le moment venu, nous puissions nous débarrasser sans encombre. Ça ne te surprendra pas de savoir que tu es cet individu-là. Nous t'avons laissé entendre quels pouvaient être pour toi les avantages d'un travail discret et efficace ; je te laisse imaginer ce que seraient les conséquences d'une erreur accidentelle ou délibérée. Tu ne t'approcheras pas du collège, même de loin, ni des parents de la disparue dont, pour plus de sûreté, nous ne te dirons même pas le nom ; toute information que tu obtiendras me sera communiquée sans tarder, et à moi seulement ; tu ne prendras pas d'autres initiatives que celles que je te suggérerai ou t'ordonnerai selon mon humeur ; et tu paieras toute incartade à la susdite procédure d'une de mes colères et de la façon habituelle dont je m'en soulage. Est-ce clair ?

Comme nous paraissions avoir atteint les cimes de l'entretien avec cette ignominieuse admonestation à laquelle on n'attendait pas de réponse de ma part, le commissaire pressa une nouvelle fois le bouton du signal lumineux et le docteur Sugranes ne tarda pas à paraître. Je suis persuadé qu'il avait profité du temps libre pour tirer parti de l'infirmière.

– Tout est prêt, docteur, annonça le commissaire. Nous emmenons cette, hum, hum, perle, et nous vous ferons connaître les résultats d'une aussi intéressante expérience psychopathique en temps voulu. Tous nos remerciements pour votre aimable collaboration et tous nos vœux de bonne santé. Tu es sourd ou quoi ? (Inutile de dire que ces mots-là n'étaient pas destinés au docteur Sugranes mais à moi.) Tu ne vois pas que nous partons ?

Ils se mirent en route sans même me donner la possibilité de réunir mes maigres effets personnels, ce qui d'ailleurs n'impliquait pas une grande perte et, pis encore, sans me laisser le temps de me doucher, ce qui fit que la puanteur de mes émanations imprégna vite l'intérieur de la voiture-patrouille qui, à coups de klaxon, aux hurlements de sa sirène et en brinquebalant, nous conduisit en un peu plus d'une heure au centre de la ville ; et donc à la fin de ce chapitre.

3

Une trouvaille, une rencontre et un voyage

Au moment même où, abasourdi, je contemplais l'agitation de Barcelone dont j'avais été tenu cinq ans à l'écart, ils me larguèrent d'un coup de pied précis devant la fontaine de Canaletas, dont je m'empressai, quant à moi, de boire avec délices les eaux chlorées. Je dois là-dessus faire une parenthèse intimiste, pour noter que mon premier sentiment à me retrouver libre et maître de mes actions fut d'allégresse. Cette observation achevée, j'ajouterai que toutes sortes de craintes ne tardèrent pas à m'assaillir. Je n'avais pas d'amis, pas d'argent, pas de logement, pas d'autre vêtement que celui que je portais, c'est-à-dire une tenue d'hôpital sale et usée; et j'avais en revanche à remplir une mission que je pressentais hérissée d'embûches et de dangers.

Je décidai qu'il me fallait, en première instance, avaler quelque chose, vu qu'on était au milieu de l'après-midi et que je n'avais mangé miette depuis le petit déjeuner. Je fis des recherches dans les corbeilles à papier et poubelles du voisinage et n'eus pas grand mal à découvrir un demi-sandwich ou sandwich Francoft, comme je déduisis qu'on les appelait maintenant, à en lire l'emballage imprimé; repas qu'un passant écœuré avait jeté, et que je déglutis avidement malgré sa saveur aigre et une texture baveuse. Ayant récupéré mes forces, je descendis lentement les Ramblas, appréciant le pittoresque commerce de menus objets qui s'étalait sur les trottoirs, et attendant que tombe la nuit, annoncée dans le ciel par son obscurité.

Les bars à putains du quartier chinois étaient en pleine ébullition quand j'atteignis mon but : un vulgaire bouge répondant au nom de *Leashes American Bar*, plus communément dit El Leches, sis au coin de la rue Robador ; j'espérais établir là un contact (le premier et le plus digne de foi, comme on verra en effet par la suite). A peine mon ombre se profilait-elle dans l'embrasure de la porte, à peine mes yeux s'habituaient-ils à l'obscurité régnante, que je discernai à une table la chevelure blonde et les chairs verdâtres d'une femme qui, me tournant le dos, ne devina pas ma présence et continua à se fouiller les oreilles à l'aide d'un cure-dent plat, de ceux qu'ont l'habitude de suçoter les receveurs d'autobus et autres préposés. Ainsi jusqu'à ce que je devienne patent à ses yeux, ce qui lui fit lever, autant que le lui permettaient les replis de la peau, les cils qu'elle portait collés sur ses paupières, et ouvrir la bouche avec démesure, me laissant y dénoter de nombreuses caries.

– Salut, Candida, dis-je.

Ainsi se prénommait ma sœur, qui n'était autre que la femme à laquelle je venais de m'adresser.

« Longtemps qu'on ne s'est pas vus.

Et en disant cela je dus m'astreindre à un douloureux sourire : la vision des ravages, que les années et la vie avaient opérés sur son visage, faisait jaillir en moi des larmes de compassion. Quelqu'un, Dieu sait pourquoi, avait dit à ma sœur encore adolescente qu'elle ressemblait à Juanita Reina. La pauvre l'avait cru et maintenant encore, trente ans plus tard, continuait à vivre cramponnée à cette illusion. Rien de vrai là-dedans. Juanita Reina, si ma mémoire ne me trahit pas, était une femme bien moulée, typiquement espagnole ; qualités que ma sœur, je le dis sans passion, ne possédait pas. Elle avait, au contraire, un front convexe et bosselé, des yeux petits avec une tendance au strabisme quand quelque chose la préoccupait, un nez épaté, porcin, une bouche erratique, tordue, des dents irrégulières, jaunes et proéminentes. De son corps, inutile de parler : elle s'était toujours ressentie d'un accouchement, celui qui l'avait mise au monde à la va-comme-je-te-pousse, survenu dans l'arrière-boutique d'une quincaillerie où ma mère essayait désespérément d'avorter et auquel elle devait un corps trapézoïdal, disproportionné par rapport à des pattes courtes et arquées. Ceci lui donnait un air de nain qui a grandi, comme l'avait fort bien définie, avec l'insensibilité propre aux artistes, le photographe qui s'était refusé à la portraiturer le jour de sa première communion sous prétexte qu'elle discréditerait son objectif. « Tu es plus jeune et en beauté que jamais.

Et elle, pour me saluer :

– Tu me fais chier. Tu t'es échappé de l'asile ?

– Tu te trompes, Candida. Ils m'ont relâché. Je peux m'asseoir ?

– Non.

– Ils m'ont relâché cet après-midi comme je t'expliquais, et je me suis dit : que vas-tu faire en premier, qu'est-ce que ton cœur désire le plus ?

– Et moi qui avais promis un cierge à sainte Rose s'ils te cloîtraient à vie !

Un soupir.

« Tu as dîné ? Sinon tu peux demander un sandwich au comptoir et dire qu'on le mette sur mon compte. En revanche, je n'ai pas l'intention de te donner un sou, autant que tu le saches tout de suite. Malgré son apparente mauvaise grâce, ma sœur m'aimait bien. J'ai toujours été pour elle, je le soupçonne, le fils qu'elle désirait et qu'elle ne pourrait jamais avoir : résultat soit d'une malformation congénitale, soit des accidents de la vie, sa maternité potentielle se voyait contrariée par une série de cavités internes qui mettaient en communication directe son utérus, sa rate et son côlon, faisant de ses fonctions organiques un imprévisible et ingouvernable méli-mélo.

– Je ne te l'aurais pas demandé, Candida.
– Tu es à faire peur, dit-elle.
– Je n'ai pas pu me doucher après la partie de foot.
– Je ne me réfère pas seulement à l'odeur.

Elle fit une pause que j'interprétai comme une méditation consacrée au cours inexorable des ans dans le gosier desquels périt notre évasive jeunesse.

« Mais avant d'aller faire ton cinéma ailleurs, ôte-moi un doute : si tu ne veux pas d'argent, pourquoi es-tu venu ?

– Avant tout pour voir comment tu te portais. Et une fois constaté que tu es en pleine forme, pour te demander encore une très légère faveur qui en est à peine une.

– Adieu, dit-elle en agitant sa main grassouillette tachée de nicotine et de vert-de-gris par ses bijoux.

– Un petit renseignement qui ne te coûtera rien et qui peut me rapporter beaucoup. Un potin, plutôt, un ragot inoffensif...

– Te voilà encore une fois embringué avec le commissaire Flores, hein ?

– Non, ma belle. Qu'est-ce qui te fait croire ça ? Simple curiosité... La petite, là, celle du collège Saint-Gervais, comment s'appelle-t-elle ? La presse en a parlé. Celle qui a disparu, voici deux jours... Tu vois de qui je parle ?

– Je ne sais rien, et même si je savais quelque chose, je ne te le dirais pas. C'est une sale histoire. Flores y est mêlé ?

– Jusque-là, dis-je en plaçant ma main ouverte au-dessus de ma tignasse hirsute à laquelle se mêlaient, hélas, quelques cheveux blancs.

– Alors c'est encore plus moche qu'on me l'avait dit. Qu'est-ce que tu as à y gagner, toi ?

– La liberté.

– Retourne à l'asile : un toit, un lit, trois repas par jour. Que veux-tu de plus ?

La couche de maquillage ne réussissait pas à cacher l'inquiétude qui se reflétait sur son visage.

– Laisse-moi tenter ma chance.

– Ce qui peut t'arriver me laisse de glace. Je ne veux pas d'éclaboussures. Et ne me dis pas que, cette fois, ça se passera autrement. Depuis que tu es né, tu n'as rien fait que m'attirer des ennuis. Je ne veux plus de ces tuiles. Va-t'en tout de suite. D'ailleurs, j'attends un client.

– Avec ton chien, ce n'est pas ce qui doit te manquer, dis-je en sachant que ma sœur était fort sensible aux flatteries, peut-être parce que la vie ne l'avait pas spécialement bien traitée.

A neuf ans, à cause de sa laideur et à un âge où ce genre de contrariété vous affecte, on l'avait empêchée de chanter *Marie de la Miséricorde* appris par cœur après six mois d'efforts épuisants pendant la campagne de bienfaisance de la Radio nationale, malgré l'anonymat inhérent à ce média et l'apport considérable qu'elle avait rassemblé, non sans peine, en vendant mal ses fesses de pachyderme aux vieux bougres semi-aveugles de l'asile Saint-Raphaël qui la prenaient dans la pénombre du couchant pour un soldat accommodant et nécessiteux de la caserne voisine de Pedralbes. J'insistai :

« Tu ne veux même pas me donner une piste, mon ange ?

Au point où on en était, je savais déjà qu'elle ne me donnerait ni piste ni rien, mais je voulais gagner du temps, parce que, si elle attendait effectivement un client, la hâte de se débarrasser de moi la ferait peut-être parler. Je fis donc le traînard, alternant supplications et menaces. Ma sœur s'énerva, et finit par renverser sur mes pantalons le « Cacaolat on the rocks » qu'elle sirotait en guise de spiritueux. Ce dont je déduisis que son client était arrivé. Je me retournai pour voir de qui il pouvait s'agir.

C'était, chose rare dans la clientèle de ma sœur, un homme jeune et robuste, partagé, pour ce qui est de la ligne, entre la canne à pêche et le boudin, un peu comme un toréador qui aurait pris du ventre. Son visage gracieux souffrait d'une suggestive ambiguïté comme s'il avait été, pour citer deux noms, un rejeton de Kubala et Bella Dorita. A son air gaillard et à un habillement inadéquat à notre climat, on repérait en lui un marin ; à sa chevelure paille et à ses yeux clairs, un étranger, probablement un Suédois. D'ailleurs, ma sœur avait coutume de recruter ses usagers parmi les hommes de la mer. Ces originaires de terres lointaines trouvaient la pauvre Candida exotique, sans remarquer ce qu'elle était en réalité : un croque-mitaine.

Ma sœur, pour lors, s'était levée et se serrait, tout miel, contre le marin, sans ciller aux coups de poing que celui-ci lui décochait pour la maintenir à distance. Je décidai de profiter de l'opportunité que la chance m'offrait là et empoignai l'épaule noueuse du nouvel arrivant, tout en adoptant le ton mondain que je sais feindre en pareilles circonstances.

– *Me*, dis-je en recourant à mon anglais quelque peu rouillé par le manque d'usage, *Candida : sister, Candida, me sister. Big fart. No, no. Big fart, big fuck. Strong. Not expensive*. Hein ?

– Ferme ton bec, Richard Burton, répondit désagréablement le marin.

Le salopard parlait bien espagnol. Il avait même une légère trace d'accent aragonais, fort méritoire s'il s'agissait d'un Suédois.

Ma sœur fit dans ma direction des gestes que je traduisis : tire-toi ou je t'arrache la peau du visage à coups d'ongles. Rien à faire. Je pris civilement congé de l'heureux couple et regagnai la rue.

Ce début n'était pas encourageant. Mais quel début l'est, après tout ? Je résolus de ne pas me laisser abattre et de trouver où passer la nuit. Je connaissais plusieurs pensions peu onéreuses mais aucune au point que je puisse m'y installer sans argent aucun. Je choisis donc de retourner place Catalunya pour tenter ma chance dans le métro. Le ciel était couvert. On entendait le tonnerre dans le lointain.

La station était animée, c'était l'heure à laquelle finissent les spectacles. Je n'eus pas de mal à me faufiler sur le quai. Je m'installai sur une banquette de première classe dans la première rame en partance et essayai de dormir. A Provenza, montèrent quelques loubards éméchés qui décidèrent de s'amuser à mes dépens. Je fis l'idiot, les laissai me bousculer. Quand ils redescendirent à Tres Torres, je les avais allégés d'une montre-bracelet, deux Bic et un portefeuille, lequel ne contenait qu'une carte d'identité, un permis de conduire, une photo de jeune fille et quelques cartes de crédit. Je le jetai avec son contenu sur un tronçon de la voie où il me sembla impossible de les récupérer : cela servirait de leçon au propriétaire. Je gardai avec joie la montre et les stylos, grâce auxquels j'allais pouvoir payer ma pension, dormir entre des draps et m'offrir enfin une bonne douche.

Entre-temps, le métro était arrivé au terme de sa course. Je me rendis compte que je n'étais pas loin du collège des sœurs lazaristes de Saint-Gervais. J'imaginai que ce ne serait pas une mauvaise idée de pointer mon nez dans ces parages, malgré les avertissements réitérés du commissaire Flores. Comme je sortais dans la rue, une pluie fine se mit à tomber. Je trouvai un numéro de *Vanguardia* dans une corbeille à papier et m'en couvris en guise de parapluie.

Quoique je me targue de bien connaître Barcelone, je me perdis à deux reprises avant de trouver le collège. Cinq ans de mise à l'écart avaient engourdi mon sens de l'orientation. J'arrivai enfin trempé devant la grille et constatai que la description du commissaire avait été rigoureuse. Tant la grille en question que les murs paraissaient inexpugnables, bien que la pente de la rue rendît la hauteur du mur légèrement inférieure sur la partie arrière de la propriété. Et puis le pire arriva : mes furtives et secrètes maraudes n'étaient pas passées inaperçues. Les mâtins ci-dessus mentionnés par le commissaire, au nombre de deux, exhibèrent au travers des barreaux leurs effroyables mandibules, émirent des grognements, qui sait peut-être des insultes et des provocations, en ce langage animal que la science s'efforce en vain de déchiffrer. L'édifice qui occupait le centre du jardin était grand et, dans la mesure où la pluie torrentielle et l'obscurité me permettaient d'avancer avec pertinence des jugements architecturaux, laid. Les fenêtres en étaient étroites, à l'exception de quelques croisées plus larges que j'attribuai à la chapelle. Mais je ne pus déterminer, vu la distance, si les fenêtres étaient assez exiguës pour interdire le passage d'un corps élancé ; celui d'une fille impubère ou le mien par exemple. Deux cheminées auraient pu servir d'accès à une personne de petit calibre, si elles ne s'étaient pas trouvées sur une toiture inabordable. Les maisons voisines étaient autant d'autres tours seigneuriales, encloses elles aussi au milieu de jardins et de bosquets. Je pris mentalement note de tout et estimai arrivé le moment d'aller m'étendre.

4
Un inventaire suédois

Malgré l'heure avancée, les cafés des Ramblas étaient bondés. Il n'en allait pas de même pour les trottoirs, à cause de la pluie qui n'avait pas cessé de tomber à verse. Je fus rassuré de constater qu'en cinq ans la ville n'avait pas trop changé.

La pension vers laquelle je me dirigeai était commodément située à un détour de la rue Tapias, et portait l'enseigne de l'hôtel Cupidon, tout confort, bidet dans toutes les chambres. Le préposé ronflait comme un sonneur et se réveilla furieux. Il était borgne et porté au blasphème. Il consentit non sans rechigner à troquer montre et Bic contre une chambre avec fenêtre pour trois nuits. Il allégua contre mes protestations que l'instabilité politique avait entamé l'afflux touristique et diminué les investissements privés de capital. Je répondis que si ces facteurs avaient affecté l'industrie hôtelière, ils avaient également touché l'industrie horlogère et celle du stylo-bille, qu'elle s'appelle ou non de la sorte. Sur quoi le borgne rétorqua qu'il s'en fichait, que trois nuits, c'était son dernier mot, à prendre ou à laisser. Le marché était abusif mais il ne me restait pas d'autre remède que d'accepter. La chambre que le sort m'octroya était une porcherie qui sentait la pisse. Les draps étaient si sales que je dus les décoller par à-coups ; je découvris une chaussette trouée sous l'oreiller. La salle de bains commune était une vraie piscine, les cabinets et le lavabo étant bouchés ; il flottait d'ailleurs dans ce dernier une substance visqueuse et irisée dont les mouches se montraient friandes. Je renonçai à me doucher et regagnai ma chambre. On entendait, à travers les cloisons, des expectorations, des halètements et sporadiquement des pets. Je me dis que si un jour j'étais riche, je ne me permettrais qu'un luxe, celui de fréquenter exclusivement des hôtels à une étoile minimum. Tandis que je piétinais les cafards qui couraient sur le lit, je ne pus m'empêcher de me souvenir de ma cellule à l'asile, si hygiénique, et je confesse que j'en éprouvai de la nostalgie. Mais il n'y a pas de plus grande richesse que la liberté, dit-on, et il n'était pas question de la sous-estimer maintenant que j'en jouissais. Je me mis donc au lit avec cette idée consolante et tentai de m'endormir en ressassant l'heure à laquelle je voulais me réveiller : car je sais que le subconscient, en plus de dénaturer notre enfance, déformer nos attachements, nous rappeler ce que nous sommes anxieux d'oublier, nous révéler ce que notre condition a d'abject, en bref, nous démolir la vie, fait aussi office de réveil quand on en a envie, comme par une sorte de compensation.

J'étais presque endormi quand des coups furent frappés à ma porte. Celle-ci avait par bonheur un verrou et j'avais pris la précaution de le tirer avant de me coucher, raison pour laquelle le visiteur, quel qu'il fût et quelles que fussent ses intentions, s'était vu obligé de recourir à la convention de frapper avant d'entrer. Je demandai qui était là, supposant qu'il s'agirait d'une pédale désireuse de me faire des offres, peut-être pécuniaires même. Une voix pas complètement inconnue me répondit :

– Laisse-moi entrer. Je suis le fiancé de ta sœur, la malbâtie.

J'entrouvris la porte ; la personne qui avait frappé était réellement le grand gaillard suédois que j'avais rencontré en compagnie de ma sœur quelques heures plus tôt, bien que ses puissantes mâchoires ne fussent déjà plus ornées de la blonde barbe de naguère – que peut-être d'ailleurs il n'avait jamais portée car, bien que je me sois targué d'être bon observateur, je ne remarque pas toujours ce genre de détail. Ses vêtements étaient en piteux état.

– En quoi puis-je vous servir ?

– Je veux entrer.

Sa voix tremblotait.

J'hésitai un instant mais finis par le laisser pénétrer, attendu qu'il s'agissait d'un client de ma sœur, son autodénommé fiancé pour être plus précis, et que cela ne m'arrangeait nullement de me brouiller avec elle. J'imaginai qu'il voulait peut-être discuter affaires de famille et qu'en ma qualité d'homme, il me considérait comme l'interlocuteur idoine pour ce faire. Ce raffinement quelque peu anachronique et un je-ne-sais-quoi dans l'apparence du Suédois m'indiquaient que je me trouvais en présence d'un homme de bien. Mon estime ne fut point entamée quand il sortit de sa poche un gros pistolet et me braqua tout en s'asseyant sur le lit. Simplement, les armes me font peur sinon l'essor de ma carrière délictueuse n'eût pas été si bref, c'est ce que je lui fis savoir.

– Je vois, cher monsieur, dis-je lentement en faisant une profusion de manières et en cherchant à bien vocaliser pour que la barrière du langage ne fasse pas obstacle à notre mutuelle compréhension, que quelque chose vous incite à vous défier de moi : soit la méfiance naturelle qu'inspire mon allure, soit la médisance à laquelle s'adonnent de mauvaises langues. Cependant, je puis vous assurer sur mon honneur, celui de ma sœur, *sister*, et celui de notre sainte mère, que Dieu l'ait en sa gloire, que vous n'avez rien à craindre de moi. Je suis perspicace et, quoique je n'aie pas le plaisir de vous connaître autrement que superficiellement, je n'ai pas manqué de remarquer que vous êtes un homme de principes, instruit, intègre et de bonne naissance, que peut-être des revers de fortune ont entraîné vers une vie mouvementée, à la recherche d'horizons plus vastes, oubli inclus.

Mon franc-parler ne paraissait pas entamer son obstination. Il était toujours assis sur le lit, les yeux rivés sur moi, le visage inexpressif, sans doute absorbé par Dieu sait quel douloureux souvenir, quelles visions indescriptibles, quelle mélancolie.

« Il est de même concevable que vous en soyez venu à soupçonner qu'il existe entre ma *sister* et *me* quelque chose de plus qu'un simple lien de parenté, continuai-je pour chasser de son esprit d'éventuelles rancœurs qui auraient pu faire de moi sa tête de Turc. Par malheur, je n'ai pas en ma possession de documents dignes de foi, ou de tout autre genre, qui accréditent cette relation, la parenté s'entend, ce qui nous placerait automatiquement à l'abri de toute conjecture malicieuse. Et je ne peux pas non plus alléguer notre ressemblance physique, comme preuve de consanguinité : elle est, étant ce qu'elle est, si belle, *beautiful*, et moi, pauvre de moi, qui ne suis qu'un excrément. Mais ce sont des choses qui arrivent fréquemment, la nature est arbitraire dans ses dons et rien ne serait plus injuste que de me faire payer le fait d'être venu au monde moins favorisé qu'elle par le tirage au sort. N'êtes-vous pas d'accord ?

Il ne devait pas l'être, car son visage conservait la même expression imperturbable. Pour tout commentaire, il avait enlevé son tabard, qui devait lui tenir très chaud, et se trouvait maintenant en maillot de corps, ce qui mettait en valeur la configuration herculéenne de son thorax et de ses bras, sur les muscles gonflés desquels je n'eus pas été surpris de voir miraculeusement apparaître la Vierge de Montserrat. Il devait faire de la culture physique, suivre des méthodes de développement corporel par correspondance, et acheter des appareils à ressorts, élastiques et roulettes, pour faire de la gymnastique en chambre. Je décidai d'aborder, par l'adulation, cette face de sa personnalité, l'attribuant à une insécurité animique, la peur des femmes ou une autre indéfinition virile.

« Mon cher ami, rien ne serait plus ignoble que de vous acharner sur moi, qui ne pratique aucun sport, ne suis aucun régime et ne goûte pas les pamplemousses vu que je n'aime pas ça. Ajoutez à cela, vous le Tarzan des mers, le Maciste scandinave, le digne successeur du grand Charles Atlas que votre jeunesse ne vous a probablement pas permis de connaître, mais qui, par ses flexions de tigre, cristallisa les désirs et secoua les vains espoirs des gringalets de son époque, déchets d'aujourd'hui, que, par-dessus le marché, je fume.

Tandis que je lui adressais ces paroles apaisantes, je parcourais la chambre des yeux, à la recherche d'un objet contondant avec lequel lui taper sur le crâne si mes raisons ne réussissaient pas à dissiper une hostilité décidément flagrante ; et voilà qu'en regardant sous le lit, sur lequel se trouvait assis mon rébarbatif futur beau-frère, pour le cas où s'y trouverait un pot de chambre utilisable en guise de massue, mais cela ne pouvait que manquer dans un aussi minable hôtel, je découvris qu'une flaque sombre était en train de se former entre ses pieds, flaque que j'attribuai tout d'abord à une incontinence malheureuse.

Je continuai de parler, vu qu'il ne paraissait pas disposé à passer à l'action aussi longtemps que je discourais :

« En nous voyant ensemble, vous pouvez même avoir tiré la conclusion, erronée, que je suis le maquereau de votre, si vous me permettez de l'appeler ainsi, bien-aimée Candida : *love*. (J'introduisais quelques tournures anglaises dans la conversation, pour lui faciliter la compréhension, apparemment quelque peu ralentie.) Mais vous devez me croire sur parole, l'unique ressource des plus démunis : c'est une fausse conclusion, *mistake*. Candida s'est toujours dispensée de cette réprouvable institution, menant une vie libre, sans autre béquille, passez-moi la comparaison, que celle du docteur Sugranes, qui lui a évité, par son savoir, bien des déboires, ainsi qu'à ses clients. (Je venais d'improviser tout cela ; ma sœur n'avait, en fait, jamais foulé le sol d'un dispensaire, par aversion pour le manche de cuiller que les médecins s'obstinent à introduire dans la bouche de leurs patients afin d'y contempler je ne sais quoi.) Permettez-moi d'ajouter qu'il n'y a jamais eu le moindre symptôme de gonorrhée, blennorragie, syphilis ni autre variété connue du mal français, *french bad*, tout au long de la carrière de Candida, *me sister* : une carrière brève, au reste, compte tenu de son extrême jeunesse. Si vous avez par hasard caressé l'idée de légitimer devant Dieu et devant les hommes une union dont je pressens qu'elle a déjà pris valeur d'engagement dans vos deux cœurs, je puis vous assurer que votre choix est des plus justes et que, mieux que de mon consentement, vous pouvez dès maintenant vous enorgueillir de ma fraternelle bénédiction.

J'esquissai là-dessus mon meilleur sourire et m'approchai du Suédois les bras ouverts, dans une attitude papale, et vu qu'il ne se montrait pas opposé à une telle effusion, je pus m'approcher suffisamment pour lui balancer un fort coup de genou dans les parties honteuses, ce qui ne parut pas l'affecter le moins du monde, malgré ma vieille expérience en la matière. Il avait toujours les yeux grands ouverts quoiqu'ils ne fussent plus rivés sur moi mais vers l'infini, et de ses lèvres tombait une bave verdâtre. Ces quelques détails et le fait qu'il ne respirait plus m'induisirent à penser qu'il était mort. Un examen encore plus minutieux me permit de vérifier que c'était une mare de sang qui s'accumulait à ses pieds et que ce fluide vital trempait son pantalon de velours

« Quelle malchance, pensai-je, il paraissait un si bon parti pour Candida. »

Au vrai, ce n'était pas ce thème familial qui absorbait mon cerveau en cet instant, mais bien plutôt la façon de me défaire du cadavre de manière discrète et expéditive. Je repoussai l'idée de le jeter par la fenêtre, parce que sa provenance sauterait aux yeux de qui le découvrirait. Le sortir par la porte de l'hôtel était insensé. J'optai donc pour la solution la plus raisonnable : me débarrasser dudit cadavre en le laissant où il était et en prenant le large. Avec un peu de chance, on imaginerait, en découvrant le tas de viande froide, que c'était moi et pas le Suédois qui occupait le lit. Et puis, me dis-je encore, le portier est borgne. Je fis, pour commencer, les poches du macchabée ; voici donc les objets trouvés :

Poche intérieure gauche de la veste : néant.

Poche intérieure droite de la veste : néant.

Poche extérieure gauche de la veste : néant.

Poche extérieure droite de la veste : néant.

Poche gauche du pantalon : une boîte d'allumettes, publicité d'un restaurant galicien ; un billet de mille pesetas ; un demi-billet de cinéma décoloré.

Poche droite du pantalon : une pochette en plastique transparent, contenant :

a) trois sachets d'une poudre blanche, alcaloïde, anesthésique et narcotique, *vulgo* cocaïne ;

b) trois petits bouts de papier buvard imprégnés d'acide lysergique ;

c) trois pilules amphétaminiques.

Chaussures : néant.

Chaussettes : néant.

Caleçon : néant.

Bouche : néant.

Orifices nasaux, auditifs et rectal : néant.

Tandis que je procédais à ces vérifications, je ne pus m'empêcher de formuler des questions que je me serais posées bien plus tôt si les circonstances m'avaient permis de me concentrer sur le côté réflexif de la situation. Qui était vraiment cet individu ? Il était dénué de papiers, d'agenda, de carnet de téléphone et de ces lettres qu'on fourre dans ses poches avec l'intention d'y répondre à la première occasion. Pourquoi était-il venu jusqu'à ma chambre ? Au point où il en était, c'est-à-dire au bout du rouleau, son hypothétique intérêt pour ma sœur ne me paraissait pas un motif plausible. Comment avait-il su où me trouver ? Ce n'était que très tard dans la nuit que j'avais repéré ce gîte, ma sœur et son client ne pouvaient pas être au courant. Pourquoi m'avait-il menacé avec un pistolet ? Pourquoi transportait-il des drogues dans son pantalon ? Pourquoi s'était-il fait raser la barbe ? Seule ma sœur pouvait répondre à ces questions, ce qui rendait urgent un échange d'impressions entre nous, même si ceci revenait à la mouiller dans une affaire dont l'évolution ne s'annonçait pas de tout repos, à en juger par ses débuts.

Je considérai une nouvelle fois la possibilité de retourner à l'asile et de dénoncer l'accord passé avec le commissaire Flores. Mais n'interpréterait-on pas ma défection comme un aveu de complicité dans la mort du Suédois, pour ne pas dire la signature de ma culpabilité ? *A contrario*, étais-je en mesure de résoudre non seulement le mystère des fillettes disparues, mais par-dessus le marché celui du décès d'un inconnu qui avait eu le caprice de rendre l'âme dans mon propre lit ?

Quoi qu'il en soit, je n'avais pas de temps à perdre en élucubrations. Le borgne avait sûrement vu entrer le Suédois et pouvait penser que nous essayions de partager les lieux en dormant à deux sous le même toit pour le prix d'un seul, ce qui le pousserait à fouiner et à découvrir la triste fin du présumé bourlingueur. C'est ainsi que, réservant pour de meilleures circonstances l'élément théorique, je transvasai dans mes poches le contenu de celles du cadavre, sans oublier le pistolet, ouvris la fenêtre en évitant de faire du bruit et calculai la distance qui me séparait de la petite cour intérieure sur laquelle la chambre donnait. Elle n'était pas telle qu'on ne pût la franchir sans excès de risque. Je couchai le Suédois dans mon lit, fermai de deux énergiques coups de poing ses yeux couleur de mer auxquels la mort avait conféré une auréole d'innocente surprise, le recouvris avec le drap jusqu'au menton, éteignis la lumière, enjambai la fenêtre et, m'agrippant aussi bien que je le pouvais au rebord de celle-ci, fermai les volets du dehors. J'ouvris ensuite les mains et me lançai dans le vide sombre, constatant quand il était déjà trop tard que la distance de la fenêtre au sol était beaucoup plus grande que je ne l'avais estimée à première vue et que m'attendait inévitablement la fracture de divers os indispensables, ou pire : l'aplatissement de ma caboche et donc la fin de mes aventures.

5

Deux fugues de suite

Pendant le trajet, tandis que je réussissais involontairement des équilibres dans l'air qui me firent penser à ceux qu'en son temps avait exécutés l'infortuné prince Cantacuzène, et comprenais que je n'avais rien d'autre à faire, je finis par penser que j'allais me casser la figure comme point final de mon vol. Mais ce ne fut pas le cas : sinon vous ne seriez pas en train de savourer ces pages délectables, et le fait est que j'atterris sur un monceau de détritus boueux, épais, qui, à en juger par son odeur et sa consistance, devait être composé à parts égales de restes de poissons, légumes verts, fruits, plantes potagères, œufs, tripes et autres abats, le tout en état de décomposition avancée, moyennant quoi j'en émergeai couvert de la tête aux pieds d'un tégument gluant et fétide, mais indemne et fort content.

Je franchis sans trop d'effort ce marécage et arrivai à un mur bas, que j'escaladai sans difficulté. En amazone sur le muret, je me retournai pour jeter un dernier coup d'œil sur la fenêtre de ce qui avait été ma chambre et je découvris sans surprise qu'elle était éclairée, alors que je me souvenais parfaitement d'avoir éteint. Deux silhouettes se détachaient dans l'encadrement de l'ouverture. Je ne m'attardai pas à les étudier : je sautai du mur sur le sol et courus à l'abri de sacs et de caisses. Un autre mur ou, qui sait, le même, s'interposa. Sauter les murs est un art que je pratique depuis l'enfance, aussi franchis-je l'obstacle comme si de rien n'était.

Je me retrouvai, alors, dans une ruelle au bout de laquelle il y avait une rue qui menait aux Ramblas. Avant de m'engager sur la plus typique des artères barcelonaises, je lançai le pistolet dans une bouche d'égout et ne fus pas peu satisfait de constater que le trou noir avalait le funeste engin qu'on avait pointé sur moi peu auparavant. Pour finir de parachever mon bonheur, il avait cessé de pleuvoir.

Mes pas me menèrent, parce que j'en avais décidé ainsi, au bar El Leches, là où quelques heures plus tôt j'avais rencontré ma sœur en compagnie de l'infortuné Suédois, et devant le bar, je montai la garde dissimulé par un chambranle de porte, tout en cherchant à ne pas mettre les pieds dans les dégueulis partout répandus par des personnes dont les estomacs avaient chaviré pendant la traversée de la nuit, et en attendant que ma sœur ressorte. J'avais la certitude qu'elle se trouvait là, sachant qu'elle avait pris de longue date l'habitude de venir échouer dans ce bar, juste avant le lever de l'aurore, à la recherche de clients tardifs qui dans leur mesquinerie comptaient bien obtenir un rabais, et l'obtenaient, au titre des liquidations de fin de saison.

On apercevait un premier rai du jour à l'horizon quand du bar émergea ma sœur, que je rattrapai en moins de deux et de laquelle je reçus le plus méprisant des regards. Je lui demandai où elle allait ; elle me répondit : chez elle. Je m'offris à l'escorter.

– Ta seule apparition, dis-je, est une incitation à la débauche. Je comprends que les hommes fassent des folies pour toi, mais ça ne veut pas dire qu'en ma qualité de frère et mâle, je sois disposé à les laisser faire.

– Je te l'ai déjà dit : pas un sou.

Je lui réitérai que je n'étais motivé par aucune espèce d'arnaque ou idée de mendicité ; et continuai à débiter des trivialités tirées d'un numéro de *Holà* vieux de deux ans, chose dont elle ne parut pas s'apercevoir, le fait étant que, jusque dans son faste, la vie des célébrités n'est pas moins monotone que la nôtre, bien que plus douce. Je laissai alors tomber l'habile question que voici :

– Mais qu'est devenu le bon jeune homme que j'ai eu le plaisir de connaître il y a peu et qui, si j'en dois croire ce qu'ont vu mes yeux, était comme grisé de toi ?

Candida dirigea un crachat sur un programme du *Lyceum* affiché au mur.

– Il est parti comme il était venu.

Sous le sarcasme, elle ne réussissait pas à masquer son dépit.

« Il a tourné autour de moi pendant deux jours, et je ne sais toujours pas bien pourquoi il venait. De toute façon, ce n'était pas mon genre. J'ai l'habitude de bien m'entendre avec, comment les appeler..., mes malades. J'ai supposé que c'était un de ces pervers qui croient que, parce qu'on est dans une mauvaise passe, on se résignera à n'importe quelle bassesse pour de l'argent, ce en quoi, soit dit en passant, ils ont tout à fait raison. Enfin, tout a fini en eau de boudin. Pourquoi me demandes-tu cela ?

– Pour rien. Vous m'aviez paru former un bon couple : si jeunes, si frais, si pleins de vie... J'ai toujours espéré que tu finirais par fonder un foyer, Candida. Cette vie n'est pas pour toi ; tu es faite pour la famille, des enfants, un mari plein d'initiatives, un petit chalet dans la forêt...

Je continuai à décrire minutieusement et dans le détail une existence charmante, de laquelle Candida ne jouirait jamais. Mes paroles la mirent de bonne humeur et elle finit par dire :

– Tu as pris ton petit déjeuner ?

– Il me semble que non, répondis-je avec tact.

– Viens donc à la maison ; j'ai des restes d'hier soir.

Nous nous enfonçâmes dans une de ces rues typiques du centre historique de Barcelone qui sont si pleines de saveur et auxquelles il ne manque qu'un couvercle pour être de vrais cloaques ; nous nous arrêtâmes devant un immeuble noir et en ruine, par le portail duquel sortit un petit lézard qui mordillait un scarabée tout en se débattant lui-même dans la gueule d'un gros rat qui courait poursuivi par un chat. Nous montâmes les escaliers en nous éclairant à l'aide d'allumettes qu'éteignait immédiatement un courant d'air froid et humide s'infiltrant par les verrières cassées d'une fenêtre à tabatière. En arrivant devant sa porte, ma sœur, qui respirait bruyamment – à cause de son asthme –, l'ouvrit d'un simple tour de clé, tout en murmurant :

– Bizarre ! Je jurerais qu'en sortant j'avais fermé à double tour. Serais-je en train de me faire vieille ?

– Ne dis pas de bêtises, Candida : tu es dans la fleur de l'âge.

Je dis cela mécaniquement car le détail de la serrure n'avait pas laissé de m'inquiéter et non sans raison, car Candida eut à peine poussé l'interrupteur et la lumière envahi la pièce exiguë qui composait à elle seule tout le logement, les cabinets se trouvant sur le palier et celui-ci faisant fonction de simple marche, que nous nous trouvâmes nez à nez avec le Suédois, ce même Suédois que j'avais abandonné dans mon lit, dormant de son ultime sommeil, et qui maintenant se trouvait là et nous dévisageait de ses yeux bleus exorbités, du fond du fauteuil qu'il occupait, au beau milieu de la pièce, avec la rigidité d'un visiteur provincial. Ma pauvre sœur étouffa un cri.

« N'aie pas peur, Candida, il ne te fera rien, dis-je en refermant la porte derrière nous.

– Qu'est-ce que ce type fait là ? Et pourquoi est-il si sérieux et si calme ? murmura ma sœur à voix basse, comme si elle craignait que le Suédois pût nous entendre.

– A la deuxième question, je peux répondre sans hésiter. Quant à la première, mon ignorance est absolue : tout ce que je puis te garantir, c'est qu'il n'est pas venu tout seul. Connaissait-il ton adresse ?

– Non. Comment l'aurait-il sue ?

– Tu aurais pu la lui indiquer.

– A un client ? Jamais. Et s'il était...

Elle désignait le Suédois avec appréhension.

– Indisposé ? En effet. Allons-nous-en avant qu'il ne soit trop tard.

Il était déjà trop tard. A peine eus-je prononcé ces paroles de mauvais augure que retentirent des coups sur la porte et qu'une voix virile brama :

– Police ! Ouvrez, ou nous enfonçons la porte !

Phrase qui montre bien le mauvais usage que nos forces de l'ordre font des conjonctions, étant donné qu'au moment même où se disait ce qui précède, les policiers, au nombre de trois, un inspecteur en civil et deux agents en uniforme, enfonçaient la faible porte et entraient en trombe, brandissant des matraques et des pistolets, pour s'exclamer quasi à l'unisson :

– Ne bougez pas ! On vous arrête !

Termes sans équivoque devant lesquels nous optâmes pour la soumission, levant les bras jusqu'à ce que nos doigts s'accrochent aux toiles d'araignée qui pendaient des poutres comme des baldaquins. Une fois constatée notre attitude résignée, les deux agents commencèrent à fouiller l'humble domicile de ma pauvre sœur, réduisant la vaisselle en miettes avec leurs matraques, déplaçant le mobilier à coups de pied et pissant dans les draps de son misérable grabat, tandis que l'inspecteur, avec un sourire qui permettait de découvrir un arsenal de dents en or, bridges, couronnes et plombages, outre une considérable couche de tartre, exigeait que nous déclinions nos qualités avec cette formule :

– Identité, salope !

Obéissante, ma pauvre sœur lui tendit sa carte nationale d'identité sur laquelle, pour son malheur, elle avait gratté à l'aide d'une lame de rasoir sa date de naissance, ce devant quoi l'inspecteur eut un regard sardonique qui signifiait : « Ça ne colle pas. » Entre-temps, les flics avaient découvert le cadavre, vérifié que c'en était un et l'avaient fouillé consciencieusement, à la suite de quoi ils poussèrent des cris d'allégresse dont voici la teneur :

– Hurrah, inspecteur ! Nous les avons pris la main dans le sac.

Si l'inspecteur ne répondit pas, c'est qu'il continuait à insister pour que j'atteste mon identité, chose impossible, vu que je n'avais pas de papiers sur moi et en prime un sachet en plastique rempli de stupéfiants. Je décidai de jouer le tout pour le tout et de recourir à une ruse aussi vieille qu'efficace.

– Mon ami, dis-je d'une voix posée mais suffisamment forte et claire pour que tous puissent entendre, vous allez au-devant de graves ennuis.

– Et ça ? fit l'inspecteur avec incrédulité.

– Approchez, poulets, dis-je en baissant les bras avec lenteur, en partie pour recouvrer un soupçon de dignité, en partie pour dissimuler les effluves auxiliaires qui, lorsque mes membres supérieurs étaient dressés en l'air, irradiaient de telle sorte qu'ils risquaient d'amoindrir mon argumentation. Savez-vous à qui vous parlez ?

– A un connard de merde.

– Jugement ingénieux, mais fallacieux. Inspecteur, vous vous adressez à don Ceferino Sugranes, conseiller municipal et propriétaire de banques, sociétés immobilières, compagnies d'assurances, firmes financières, entreprises de construction, études de notaires, cadastres et tribunaux, pour ne citer qu'une partie de mes activités marginales. Comme vous le comprendrez avec la perspicacité propre à votre office, étant qui je suis, je ne porte pas sur moi de documents qui accréditent mon identité, non seulement à cause de ce que pourrait penser un exigeant électorat à me trouver vêtu de la sorte, mais aussi pour me dérober aux détectives que mon épouse, après avoir interjeté une demande d'annulation devant la Rote, a lancés sur mes traces, restant que d'elle – je veux dire, de mon identité – pourra faire foi mon chauffeur, garde du corps et gérant, pour des raisons fiscales, de diverses entreprises aux malversations desquelles je ne veux pas mêler mon nom, et qui m'attend au coin de la rue avec les instructions inabrogeables de prévenir le président Suarez si je ne ressors pas dans dix minutes seul et sauf de ce repaire où m'a attiré par tromperie la harpie que voici, coupable de l'embrouille dans laquelle je me vois impliqué sans faute ni motif, nul doute que tout cela soit aux fins de vol, chantage, sodomie ou autres actes juridiquement sanctionnables, chose qu'elle prétendra nier, comme je vois qu'elle fait déjà, ce qui ne fera que renforcer pour vous la véracité de mes assertions, car, enfin, inspecteur, placé à un tel carrefour, à qui donnerez-vous raison ? A un honnête citoyen, un capitaine d'entreprise, épitomé d'une bourgeoisie rapace, gloire de la Catalogne, blason de l'Espagne, forge de l'Empire ? Ou à cette vieillerie grotesque, éléphantiasique, et affligée en prime d'une alitose perçante, hétaïre de métier comme vous pourrez le vérifier si vous fouillez son sac que vous trouverez garni de capotes anglaises, pas précisément impolluées, et à laquelle j'avais promis, en échange d'une contrepartie dont je ne donnerai pas les détails, l'extravagante somme de mille pesetas, celle-là même que je vous remets maintenant, inspecteur, comme preuve de ce que j'avance.

Sortant de ma poche le billet de mille pesetas que j'avais trouvé sur le cadavre du Suédois, je le déposai dans la main de l'inspecteur qui se mit à le regarder avec une sorte d'accablement et non sans une ombre de doute quant au destin qu'il devait lui faire subir ; instant dont je profitai pour lui donner un coup de tête dans le nez, duquel jaillit immédiatement un flot de sang, tandis que ses lèvres se contractaient en une grimace de douleur et émettaient une injure bredouillante, choses que je remarquais alors que je sautais déjà par-dessus les restes de la porte enfoncée et que, poursuivi par les agents, je dévalais les escaliers en criant :

« Ne fais pas attention à ce que j'ai dit de toi, Candida, ce n'était qu'un truc !

Ce, sans grand espoir qu'elle puisse m'entendre au milieu de la confusion, ni que, au cas où elle m'entendrait, mes paroles lui fournissent une consolation.

Une fois dans la rue, j'y vis circuler des files d'ouvriers

qui se dirigeaient vers leur harassant labeur en portant des gamelles, et, comme les flics me couraient après et que, grâce à leur force, à leur entraînement, à leur enthousiasme, ils ne tarderaient pas à me rattraper, je me mis à crier à pleins poumons :

« Vive la CNT ! Formons nos commissions ouvrières !

A quoi les ouvriers répondirent en levant le poing et en proférant des slogans de couleur analogue. Ce qui provoqua chez les agents, encore inadaptés aux récents changements intervenus sur notre sol, la réaction que j'avais prévue et me permit, à l'abri du fracas et de la bagarre qui en résulta, de me mettre à couvert.

Une fois mes poursuivants dépistés et mon souffle retrouvé, je passai la situation en revue et conclus qu'elle était malheureuse à l'extrême. Une seule personne pouvait nous tirer, moi d'une situation critique, et ma sœur de la prison où elle allait certainement croupir. J'appelai donc le commissaire Flores d'un téléphone public que je me vis obligé de forcer à l'aide d'un fil de fer, puisque je ne disposais plus de numéraire, et le trouvai à son bureau, bien que l'heure fût matinale. Au début, le commissaire parut surpris d'entendre ma voix, mais quand je lui eus rapporté en détail tout ce qui s'était passé jusqu'en cet instant, sans omettre ma fuite, quoique en en altérant légèrement les circonstances, sa voix passa de la surprise à la colère.

– Misérable ! Tu oses me dire que tu n'as encore rien trouvé concernant l'infante en cavale ? s'exclama-t-il, en me saisissant à travers le fil du téléphone avec la pince de ses interrogations.

Moi, j'avais presque complètement oublié l'histoire de la jeune fille évaporée. J'ébauchai quelques excuses gauchement ficelées et promis de me mettre aussitôt avec acharnement au travail sur l'affaire.

« Écoute, fils, répondit le commissaire (avec une grande douceur qui, venue de sa part, provoqua un grand désarroi de la mienne, vu qu'il n'utilisait jamais ce mot de fils avec moi sans le faire suivre de vocables comme “de putain”), le mieux serait que nous laissions tomber cette histoire. Peut-être ai-je accompli un geste précipité en te confiant une mission si épineuse. Nous ne devons pas oublier que tu es encore... convalescent et que cet effort peut aggraver ta... maladie. Pourquoi ne viendrais-tu pas à la Préfecture discuter tranquillement de la question, autour de deux Pepsi-Cola bien frais ?

Je dois admettre que les bonnes manières, auxquelles je suis si peu accoutumé, exercent toujours sur moi un effet mesmérisant et que les paroles du commissaire Flores, outre la délicatesse avec laquelle elles avaient été prononcées, firent presque jaillir des larmes de mes yeux, mais sans que son intention voilée échappât pour autant à mon discernement, et j'avais aperçu tout de suite qu'il essayait de m'attirer à la Préfecture dans le but – pourquoi se leurrer ? – de me refourrer à l'asile vingt-quatre heures à peine après ma manumission, raison pour laquelle je répondis, avec la fermeté courtoise qu'il convient d'employer pour disperser des Témoins de Jéhovah, que je n'avais pas la moindre intention d'abandonner l'affaire, non parce que je me souciais le moins du monde de ce qui avait pu arriver à je ne sais quelle sotte, mais parce que du succès de l'entreprise dépendait ma liberté.

« Je ne t'ai pas demandé ton opinion, imbécile ! hurla le commissaire Flores, qui paraissait avoir brusquement retrouvé son humeur habituelle. Tu viens tout de suite de ton plein gré ou je te fais amener menottes aux poignets et je te traite comme le malfaiteur que tu es par héritage génétique aussi bien que par vocation. Tu m'as compris, crétin ?

Et moi :

– Je vous ai compris, monsieur le commissaire, mais, avec tout le respect qui vous est dû, je vais me permettre de ne pas écouter vos conseils, car je suis décidé à prouver à la société l'efficacité de mes aptitudes et la solidité de mon bon sens, même si je dois perdre la vie dans l'affaire. Et je vous conseille, avec tout le respect qui vous est dû, de ne pas essayer de localiser mon appel comme vous l'avez sans doute vu faire dans plusieurs films. En premier lieu, parce que la chose est impossible ; en deuxième lieu, parce que j'appelle d'un téléphone public ; et, en troisième lieu, parce que je vais raccrocher à l'instant.

C'est ce que je fis. Je n'eus pas à réfléchir beaucoup pour me rendre compte que la situation, loin de s'améliorer, avait encore empiré et que, vu la tournure que prenaient les événements, elle allait se gâter encore plus si je n'y portais pas rapidement remède. Je résolus donc de concentrer mes énergies sur la recherche de la jeune fille perdue et de remettre à une occasion plus propice l'affaire du Suédois, sans oublier pour autant de prendre les précautions que ma double condition de fugitif imposait.

6

Le jardinier trompeur

Comme première mesure, je me dirigeai vers une ruelle, voisine de la rue Tallers, où une clinique adjacente entassait ses ordures, espérant bien, en les fouillant, y trouver quelque chose qui me permettrait de dissimuler mon identité, disons, par exemple, un quelconque résidu humain que je pourrais appliquer sur mes traits afin de les altérer, fût-ce légèrement. Je n'eus pas de chance et dus me contenter de bandes de coton hydrophile point trop sales, avec lesquelles je me composai, à l'aide d'un cordonnet, une grande barbe patriarcale qui, non seulement me rendait difficile à identifier mais, par-dessus le marché, me conférait une apparence respectable, ou mieux, imposante. Pourvu de ce déguisement, je me faufilai de nouveau en resquillant dans le métro qui devait me conduire pour la deuxième fois dans les parages du collège des sœurs lazaristes de Saint-Gervais.

Pendant le trajet, je feuilletai une revue que j'avais subtilisée au kiosque de la station et que j'avais jugée, d'après sa couverture sanguinolente, consacrée aux crimes et à la violence. J'y cherchai une annonce de la mort du Suédois et les détails que le reporter aurait pu compiler sur ce thème, mais il n'y avait rien. Il y avait, en revanche, des photos de filles à poil. « Le soleil sied à Ilsa », annonçait un article de fond, avec plus d'illustrations que de texte. Une Costa Brava miraculeusement déserte mettait en valeur les cuisses de marbre, les seins d'albâtre et les fesses de silex d'Ilsa. Je supposai que la photo avait été prise en hiver ou que la plage était de carton-pâte. S'il faut en croire Ilsa, les Espagnols sont tous de chauds lapins. Je posai la revue sur la banquette. La vitre crasseuse du wagon me renvoya l'image d'un individu ni jeune ni beau et pas précisément chaud lapin. Je soupirai avec un rien de tristesse : « Ilsa, ma fille, où étais-tu donc passée, quand j'avais besoin de toi ? »

Une fois le métro parvenu à destination, j'en descendis, affleurai à la surface et cette fois-ci découvris, dès la première tentative, l'internat.

Des observations pratiquées la nuit précédente, j'avais déduit qu'un parc aussi soigneusement entretenu que celui qui entourait le collège nécessitait obligatoirement un jardinier, et je conjecturai qu'un tel individu, étranger à la communauté religieuse tout en s'y trouvant immergé, pourrait être un premier maillon accessible pour la kyrielle d'investigations que je me proposais de réaliser. J'imaginais de plus qu'un individu dont la vie s'était déroulée dans un milieu aussi austère ne serait pas réfractaire à une attention frivole, ce pour quoi je m'appropriai une bouteille de vin et la cachai dans les plis de ma chemise en profitant d'une distraction providentielle chez l'employée d'un débit de boissons. Seulement, quand j'aperçus les murs inexpugnables de la sévère institution enseignante, je réévaluai les effets du vin sur le comportement humain et les jugeai profonds mais lents pour mon propos. J'ouvris alors la bouteille, sans tire-bouchon, attendu que le bouchon était en plastique, puis, extrayant de ma poche le sachet de stupéfiants que m'avait légué le Suédois, je mis à dissoudre le tout dans le vin : poudre de coca, cachets d'amphétamines et sachets de LSD. J'agitai le mélange, redissimulai la bouteille sous mes vêtements, partis droit et plein d'aplomb à la recherche de mon homme, que je trouvai non loin de la grille, en ce moment toute grande ouverte. Il se livrait à ses travaux coutumiers. C'était un type jeune, d'aspect plutôt rude. Il taillait un massif de belles fleurs tout en chantant, et salua ma présence du grognement propre à celui qui désire ne pas être interrompu.

– Bonjour, que Dieu bénisse notre rencontre, dis-je sans me laisser démonter par sa réception rébarbative. Ai-je par hasard le bonheur de parler avec le jardinier de cette magnifique propriété ?

Il eut un geste affirmatif et brandit, peut-être sans mauvaise intention, le terrible sécateur qu'il tenait dans ses mains robustes. Je souris et dis :

« Dans ce cas, je suis fortuné, moi qui suis venu de très loin pour vous connaître. Permettez-moi avant tout de me présenter : don Arborio Sugranes, professeur de verdure à l'université de France. Et permettez-moi d'ajouter immédiatement que ce jardin, bien que vous l'ignoriez peut-être, est fameux dans le monde entier. Moi qui lui ai consacré tant d'années d'études, je ne voulais pas prendre ma retraite sans connaître la personne dont le talent, la ténacité, le dévouement ont rendu ce miracle possible. Maître, accepterez-vous, comme preuve de mon admiration et à titre d'hommage, une gorgée du vin que j'ai amené de mes terres tout spécialement pour cette solennelle occasion ?

Et sortant la bouteille dont une bonne moitié, après que je l'eus ouverte, se répandit sur ma chemise qu'elle trempa et sur les deux pointes de ma barbe, je l'offris au jardinier qui la saisit par le goulot et me dévisagea avec d'autres yeux, en me disant :

– Voilà par où il fallait commencer. Merde ! C'est quoi au juste que vous voulez ?

– Tout d'abord que vous étanchiez votre soif à ma santé.

– Ce vin-là, est-ce qu'il n'a pas un goût un peu spécial ?

– C'est une cuvée rarissime. Il n'en existe que deux bouteilles au monde.

– Mais je vois écrit ici : Pentavin, vin ordinaire, répliqua le jardinier en me montrant l'étiquette.

Je lui adressai un clin d'œil complice :

– La douane... Vous comprenez.

Il fallait gagner du temps jusqu'à ce que le breuvage produise ses effets ; et à vrai dire, ils se faisaient déjà remarquer sur les pupilles et dans la voix du jardinier.

« Cher ami, il vous arrive quelque chose ?

– La tête me tourne.

– Ce doit être la canicule. Comment vous traitent les sœurs ?

– Je pourrais me plaindre, mais je ne le ferai pas. Avec tout ce chômage...

– C'est vrai, les temps sont difficiles. Vous devez être au courant de tout ce qui se passe au collège, j'imagine.

– Je sais des choses, bien que je sois discret. Si vous appartenez à une de ces saloperies de syndicats, ne comptez pas sur moi pour rien vous dire. Ça vous gêne si j'enlève ma chemise ?

– Vous êtes chez vous. Est-ce vrai ce que racontent les mauvaises langues du coin ?

– Vous m'aidez à délacer mes souliers ? Qu'est-ce qu'elles disent, les mauvaises langues ?

– Que des fillettes disparaissent des dortoirs. Moi, bien sûr, je me refuse à le croire. Je vous enlève les chaussettes aussi ?

- Oui, s'il vous plaît. Tout me serre. Vous disiez ?

– Que des fillettes disparaissent en pleine nuit.

– C'est vrai. Mais je n'ai rien à voir là-dedans.

– Je n'insinue rien de tel. Mais vous, pourquoi croyez-vous que ces petits anges disparaissent ?

– Qu'est-ce que j'en sais ! Les cochonnes étaient peut-être enceintes...

– Les mœurs seraient-elles donc licencieuses dans l'internat ?

– Pas que je sache. Si on me laissait faire, nom de Dieu, oui, elles le seraient.

– Permettez-moi de tenir le sécateur ; n'allez pas vous blesser ou me faire mal par inadvertance. Et continuez à me raconter cette histoire de disparition.

– Moi, je ne sais rien. Pourquoi y a-t-il tant de soleils ?

– C'est sûrement un miracle. Parlez-moi de l'autre petite, celle qui a disparu voilà six ans.

– Vous êtes aussi au courant de ça ?

– Et de bien d'autres choses. Que s'est-il passé, il y a six ans ?

– Je ne sais pas. Je n'étais pas là.

– Qui était là ?

– Mon prédécesseur. Un vieux toqué. Ils ont dû le congédier.

– Quand ?

– Il y a six ans. Je travaille ici depuis ce temps-là.

– Pourquoi a-t-on renvoyé votre prédécesseur ?

– Pour écarts de conduite. Je le soupçonne d'avoir été un de ces vieux vicelards qui s'exhibent devant les gamines. Tenez, je vous offre mes pantalons.

– Merci. Quelle coupe princière ! Comment s'appelait votre prédécesseur ?

– Cagomelo Purga. Pourquoi vous me le demandez ?

– Contentez-vous de répondre, cher monsieur. Où puis-je le trouver, votre prédécesseur ? Que fait-il maintenant ?

– Rien, j'imagine. Vous le trouverez chez lui. Je sais qu'il vivait rue de la Cadena, mais je ne me souviens pas du numéro.

– Où étiez-vous la nuit au cours de laquelle la fillette a disparu ?

– Il y a six ans ?

– Non, mon garçon, il y a deux jours.

– Je ne m'en souviens pas. J'ai dû regarder la télé au bistrot ou bien j'ai été chez les putes... J'ai sûrement fait quelque chose, de toute façon.

– Comment est-il possible que vous ne vous en souveniez pas ? Le commissaire Flores ne vous a donc pas rafraîchi la mémoire comme ça ?

Je lui flanquai deux claques sonores qui déclenchèrent chez lui une incontrôlable hilarité.

– La flicaille ? dit-il, mort de rire. Quel commissaire ? Je n'ai plus eu de contact avec les poulets depuis l'époque où j'ai étranglé cet enculé d'Algérien. Il y a longtemps déjà. Un chien de Sarrasin !

Il cracha sur les lauriers-roses.

– Combien de temps ?

– Six ans. Je l'avais oublié. C'est curieux comme le vin rafraîchit la mémoire et aiguise les sens. Tout mon être, je m'en aperçois, palpite à l'unisson de ces arbres chargés d'années. A présent, je me connais mieux. Voilà une expérience recommandable ! Ne m'en donneriez-vous pas une autre gorgée, mon bon monsieur ?

Je le laissai terminer la bouteille parce que la révélation qu'il venait de me faire m'avait plongé dans la perplexité. Comment était-il possible que le si minutieux commissaire Flores n'ait pas interrogé le jardinier, surtout si celui-ci avait, comme il y paraissait, des antécédents pénaux ? En levant les yeux pour réfléchir plus à mon aise, je découvris sur un balcon la figure draconienne de la mère supérieure que j'avais rencontrée à l'asile le jour précédent, on s'en souviendra : non seulement elle m'observait, mais elle donnait en plus des signes d'agitation désordonnés et ouvrait la bouche pour faire des *pronunciamientos* que la distance ne me permettait pas d'entendre. A ce moment-là vinrent se joindre à elle, sur le balcon, deux silhouettes en gris que je pris tout d'abord pour celles de novices et, très vite, à la vue des baudriers et des mitraillettes, pour ce qu'elles étaient : des policiers. La religieuse leur adressa la parole et se retournant brusquement me désigna d'un doigt accusateur. Les policiers pivotèrent sur leurs talons et disparurent du balcon. Je ne me fis pas trop de souci. Le jardinier avait enfilé son caleçon en guise de chapeau et psalmodiait des mantras. Sans qu'il m'opposât de résistance, je le plaçai près de la grille et attendis que les policiers se manifestassent à la porte du collège. Quand ils apparurent en courant, je dis au jardinier :

– Cours, tu as un crapaud à tes trousses !

Affolé, le jardinier s'éloigna tandis que je me penchais sur le massif de fleurs et coupais des tiges, à la va-comme-je-te-pousse avec le sécateur que je lui avais enlevé quelques instants plus tôt. Comme je l'avais prévu, les policiers se lancèrent à la poursuite du jardinier sans prêter attention aux gesticulations désespérées de la mère supérieure qui, du balcon, essayait inutilement de débrouiller le malentendu. J'attendis que le fugitif et les policiers aient disparu en haut de la rue, déposai ma barbe postiche qui s'était emmêlée dans un rosier et m'en allai bien tranquillement vers le bas de la rue, non sans avoir adressé à la religieuse désolée un signe de main qui voulait dire : « Excusez les ennuis et continuez à me faire confiance. Je ne me suis pas désintéressé de l'affaire. »

Tandis que je m'éloignais en direction du métro, j'entendis au loin crépiter une mitraillette. Et comme il se trouve que ce chapitre est un peu court, je profiterai de l'espace restant pour aborder un sujet qui préoccupera sans doute le lecteur arrivé à ce point : à savoir, comment je m'appelle. C'est vrai que le thème mérite quelques explications. Quand je suis né, ma mère, qui ne se permettait pas d'autres frivolités par crainte de mon père, commettait, comme toutes les mères de son temps, le péché véniel d'aimer éperdument et inutilement, on s'en doute, Clark Gable. Le jour de mon baptême, ignorante comme elle l'était, elle insista au cours de la cérémonie sur le fait que je devais m'appeler Autantenemportelevent, une suggestion qui indigna non sans raison le curé qui accomplissait les rites. La discussion dégénéra en bagarre, et ma marraine, qui avait besoin de ses deux bras pour cogner sur son mari, avec qui elle en venait aux mains chaque jour, me laissa flotter dans la cuve baptismale, dans les eaux de laquelle je me serais sûrement noyé si... Mais ça, c'est déjà une autre histoire qui nous détournerait du chemin narratif que nous suivons. De toute façon, le problème manque de substance puisque mon nom véritable et complet n'apparaît que sur les infaillibles archives de la Sûreté. Dans la vie quotidienne, on m'a communément surnommé

« la saucisse », « le rat », « merde », « crotte de ton père » et autres épithètes qui, par la variété et l'abondance, démontrent et ce qu'il y a d'incommensurable dans l'inventivité humaine et le trésor inépuisable de notre langue.

7

Le jardinier continent

La rue Cadena est courte, et il ne me fut pas difficile de trouver le domicile de l'ancien jardinier, que tout le voisinage semblait connaître et apprécier. Au cours de mes recherches, j'appris également que l'individu en question, s'étant retrouvé veuf quelque temps plus tôt, vivait maintenant seul et, par surcroît, de très maigres ressources. Il gagnait sa croûte pendant la saison taurine en ramassant les bouses sur la Plaza Monumentale et en les revendant immédiatement aux agriculteurs du Prat ; pendant les mois d'hiver, il dépendait pratiquement de la charité. Don Cagomelo Purga me reçut avec une touchante amabilité. Sa demeure consistait en une chambrette démantibulée, où s'amoncelaient un pauvre lit, un guéridon enfoui sous une pile de revues jaunies, une table, deux fauteuils, une armoire sans porte et un petit réchaud électrique sur lequel une casserole chauffait. J'avais besoin d'uriner : je demandai donc où se trouvaient les WC et il me montra la fenêtre.

– Quand vous verrez que ça va sortir, criez "Gare à l'eau !" par déférence pour les passants. Essayez aussi que les dernières gouttes tombent dehors, l'acide urique corrode le carrelage et je n'ai plus l'âge de le frotter à tout bout de champ. Si la fenêtre est trop haute pour vous, prenez une chaise. Dans le temps, je pissais debout, mais j'ai rapetissé avec les années. Nous avons eu, il y a longtemps, un pot de chambre en faïence, très comique, avec un œil et la légende : "je te vois". Il faisait beaucoup rire mon épouse très regrettée, qu'elle repose en paix, chaque fois que je l'utilisais. Quand Dieu l'a rappelée à lui, j'ai insisté pour qu'on l'enterre avec. C'était le seul cadeau que j'avais pu lui faire en trente ans de mariage et j'aurais eu l'impression de commettre une infidélité si j'avais continué à m'en servir en son absence. Je me débrouille par la fenêtre. C'est un peu incommode pour faire ses grosses commissions, bien sûr, mais la pratique facilite tout, n'est-ce pas ?

Abhorrant la prétention comme je le fais, je ne pouvais qu'être séduit par la simplicité de l'ancien jardinier et mari, lequel, tandis que je soulageais ma vessie, reprit la tâche que mon arrivée avait interrompue. Quand je le rejoignis près de la table, je vis qu'il rassemblait à l'aide d'un petit tube de colle Imediat les fragments de sa denture postiche.

« Elle s'est brisée hier contre le prie-Dieu à l'église, expliqua-t-il. C'est un châtiment du Ciel : je m'étais endormi pendant ma visite au Très-Haut. Êtes-vous pieux ?

– Je n'ai d'autre qualité qu'une dévotion sans partage, répondis-je.

– Il n'y a pas de meilleure lettre de créance en ce monde, comme dans l'autre. En quoi puis-je vous servir ?

– Je vous parlerai sans détour. J'ai entendu dire que vous fûtes jardinier au collège des sœurs lazaristes de Saint- Gervais.

– Ah ! monsieur, ce fut l'époque la plus heureuse de ma vie. Quand j'y suis entré, ce qui est aujourd'hui un parc était une friche inculte. Je l'ai convertie en parc avec l'aide de Dieu.

– Le plus beau que j'aie vu de ma vie ! Pourquoi le jardin était-il si négligé ?

– La propriété avait été laissée à l'abandon pendant de nombreuses années. Puis-je vous offrir quelque chose à boire, monsieur... ?

– Sugranes. Fervoroso Sugranes pour vous servir, ainsi que Dieu. Auriez-vous, par hasard, un Pepsi-Cola ?

– Hélas ! Mon revenu ne me permet pas de tels luxes.

Je peux vous offrir de l'eau du robinet ou, si vous désirez, un peu du bouillon de poirée que j'étais en train de me préparer.

– Je vous remercie, mais je viens de déjeuner, mentis-je pour ne pas le priver de sa maigre collation. Dites-moi, qu'était au juste le collège, avant de devenir un collège ?

– Je vous l'ai déjà dit : rien. Une grande maison abandonnée.

– Et avant ?

– Je ne sais pas. Je n'ai jamais eu la curiosité de savoir. Êtes-vous agent immobilier ?

Je compris à sa question que ce produit marginal des courses de taureaux était à demi aveugle.

– Parlez-moi de votre travail au collège. Vous disiez qu'on vous payait bien...

– Ça non, pensez-vous ! J'ai dit que ce furent, pour moi, les années les plus heureuses, mais je ne me référais pas à leur chrysmatistique. Les religieuses me payaient en dessous du salaire minimum et ne m'affilièrent jamais à la Sécurité sociale ni à la Caisse de secours des jardiniers. J'étais heureux parce que j'aimais mon travail et qu'elles me permettaient de me rendre à la chapelle quand les petites n'y étaient pas.

– Les fillettes, vous n'aviez aucun contact avec elles ?

– Ah si ! Je devais veiller à ce qu'elles ne me saccagent pas les fleurs pendant les récréations. De vrais petits diables qui volaient les acides au laboratoire et les déversaient sur mes parterres. Elles cachaient aussi des bouts de verre dans l'herbe pour que je me coupe les mains. Des diablotins, je vous dis !

– Vous aimez les enfants, n'est-ce pas ?

– Beaucoup. Ils sont une bénédiction du Seigneur.

– Mais vous n'en avez pas eu ?

– Nous n'avons jamais fait usage du mariage, ma femme et moi. Nous suivions l'ancienne coutume. De nos jours, les gens se marient pour faire des cochonneries. Non, je ne devrais pas dire cela : ne jugez pas et vous ne serez pas jugés. Dieu sait combien il nous fut parfois difficile de résister à la tentation. Imaginez cela ! Dormir trente ans ensemble sur ce sommier étroit. Le Très-Haut nous donna des forces. Quand la passion était sur le point de nous vaincre, je frappais mon épouse à coups de ceinturon et elle me donnait des coups de fer à repasser sur la tête.

– Pourquoi avez-vous quitté votre emploi ? Je veux dire, au collège...

– Les religieuses ont décidé de me mettre à la retraite. Moi, je me sentais bien au point de vue santé, dans la plénitude de mes forces et, grâce à Dieu, je me sens encore tel. Mais elles ne m'ont pas consulté. La mère supérieure m'a appelé un jour et m'a dit : “Cagomelo, tu viens d'être mis à la retraite ; que ce soit pour ton bien.” Elles m'ont donné une heure pour réunir mes affaires et m'en aller.

– Au moins, elles ont dû vous verser une jolie indemnité.

– Pas un sou. Elles m'ont offert un portrait du saint père fondateur et un abonnement gratuit d'un an à la revue du collège, *Des roses pour Marie*.

Il me montra un chromo accroché au-dessus de son grabat : on y voyait un monsieur vêtu de rouge dont le visage présentait une surprenante ressemblance avec celui de Luis Mariano. De la tête du saint partaient des rayons de lumière. Les revues, que j'avais déjà remarquées en entrant, étaient empilées sur la table de nuit. « Je les feuillette avant de m'endormir. Elles contiennent des jaculatoires et des exemples pour le mois de mai. Aimeriez-vous les lire ?

– Ça m'enchanterait, en une autre occasion. Est-il vrai que, peu de temps avant votre mise à la retraite, il y eut un étrange incident au collège ? Qu'une petite fille mourut ou quelque chose dans le genre... ?

– Mourir ? Que l'Immaculée Conception ne le permette pas ! Elle disparut quelques jours et puis son ange gardien nous la rendit saine et sauve.

– Vous connaissiez la fillette ?

– Isabelita ? Évidemment ! C'était un petit diable.

– Isabelita Sugranes, un petit démon ?

– Isabelita Peraplana. C'est vous qui vous appelez Sugranes, si je me souviens bien.

– J'ai une nièce qui porte ce nom : Isabelita comme sa mère, Sugranes comme son père et comme moi. Parfois je m'embrouille. Parlez-moi d'elle.

– D'Isabelita Peraplana ? Qu'est-ce que vous voulez que je vous raconte ? C'était la plus jolie enfant de sa classe, la plus, comment dirais-je, virginale. La préférée des sœurs, l'exemple que toutes devaient suivre. Très appliquée et très dévote.

– Mais un petit diable en même temps.

– Isabelita ? Non, pas elle. L'autre l'incitait et elle entrait dans son jeu, par pure innocence.

– Quelle autre ?

– Mercédès.

– Mercédès Sugranes ?

– Celle-là non plus. Elle s'appelait Mercédès Negrer. Elles étaient comme les deux doigts de la main ; et, pourtant, si différentes ! Disposez-vous d'un moment ? Je vous montrerai les photos.

– Vous avez les portraits des fillettes ?

– Bien sûr, dans les trimestriels.

Il alla jusqu'à la table de nuit et revint chargé de revues.

« Cherchez le numéro d'avril 71. Ma vue n'est plus ce qu'elle était.

Je trouvai le magazine qu'il m'avait indiqué et en feuilletai les pages jusqu'à la rubrique intitulée : « Des fleurs de notre jardin ». Chaque photo occupait une demi-page et représentait une classe entière, prise sur le perron d'entrée de la chapelle, ce qui faisait que les têtes des petites filles se détachaient par rangées.

« Cherchez la classe de cinquième. Vous avez trouvé ? Permettez-moi !

Il approcha tant la revue de son visage que je craignis

qu'il ne s'arrachât un œil. Quand il l'éloigna, de la bave collait au papier.

« Voici Isabelita : la blonde du dernier rang. A côté d'elle, Mercédès Negrer. C'est celle de gauche sur la photo, pas celle à notre gauche à nous. Vous les situez ?

Pour une raison que je ne pus préciser alors, cette photo de la classe de cinquième me produisit une vague sensation de tristesse. Je me souvins fugacement des photos d'Ilsa, la fille aux chairs géologiques qui se promenait sur notre côte accidentée en exhibant ses charmes et en émettant des généralités sur notre race en fin de parcours.

– En effet, une fillette ravissante. Je vois que vous aviez bon goût. Je fis un effort pour garder en mémoire les traits d'Isabelita Peraplana, rendis la revue à sa pile et lançai d'un ton d'ignorance feinte :

« Mais pourquoi m'avez-vous montré la photo des cinquièmes ? Je n'ai pas fait d'études, mais je crois qu'à cette époque le baccalauréat ne comprenait pas cinq, mais six années de cours.

– Vous croyez juste : six années, plus la propé qu'on faisait aussi à l'institution. Isabelita n'alla pas jusqu'au baccalauréat.

– Pourquoi ? N'était-elle pas bonne élève ?

– Si, la plus appliquée. Je ne sais pas ce qui se passa en vérité. J'ai quitté le collège la même année, comme je vous l'ai dit auparavant, et je n'ai plus eu aucune nouvelle des petites. J'ai attendu pendant quelque temps que l'une ou l'autre d'entre elles me rendît visite ; mais aucune ne l'a fait.

– Alors, comment savez-vous qu'Isabelita a abandonné ses études ?

– Parce que sa photo ne figure pas dans la revue d'avril de l'année suivante, que j'ai reçue en vertu de l'abonnement dont les religieuses m'avaient gratifié.

– Me permettez-vous de vérifier par moi-même ?

Ayez l'obligeance.

Je cherchai et trouvai la revue d'avril 72, et, dans celle-ci, la photo de la classe de sixième. Isabelita n'y figurait pas, mais ça, je le savais déjà, parce que la mère supérieure me l'avait dit à l'asile. Ce que je recherchais c'était autre chose, et mes soupçons se confirmèrent : Mercédès Negrer avait aussi disparu du portrait collectif. Quoique je continuasse à voir l'affaire d'une façon fort confuse, les pièces du casse-tête commençaient à s'emboîter. Je reformai la pile des revues et me levai, prêt à faire mes adieux à l'accueillant jardinier, que je remerciai vivement pour ses attentions.

« Je suis là pour vous servir, me dit-il. Il n'y a qu'une chose que je désirerais vous demander, si ça ne vous dérange pas.

– Dites !

– Pourquoi êtes-vous venu ?

– J'ai appris que la place de jardinier du collège était vacante. J'ai pensé que ça pourrait vous intéresser, si vous vous en sentez encore le courage. En ce cas, présentez-vous dans les deux jours et ne dites pas que vous venez de ma part : affaire syndicale.

– On vivait mieux sous Franco, murmura le vieux jardinier.

Et moi :

– A qui le dites-vous !

8

Une intrusion prémaritale

La maison des Peraplana, que je localisai à l'aide de l'annuaire du téléphone (il n'y avait que deux Peraplana, et l'autre était gratte-cors à la Verneda), était l'unique villa dans la rue de la Reine-Christine-Eugénie. Les autres bâtiments appartenaient au genre d'immeubles de luxe en brique rouge, à larges baies vitrées, avec des halls éblouissants auxquels rien ne manquait, pas même des portiers accoutrés de casaques multicolores. Une troupe de petites bonnes en uniformes s'était regroupée devant l'une de ces entrées de rêve : je dirigeai mes pas vers elle avec ce déhanchement de Jules qui ne manque jamais son effet sur le sexe faible.

– Hello, les belles ! fis-je d'un air enjôleur.

Ricanements et roucoulements accueillirent tant de désinvolture.

– Visez-moi ça ; Sandokan est arrivé ! s'exclama l'une des bonniches.

Je les laissai plaisanter un instant, puis feignis une tristesse profonde. En me pinçant le périnée en douce, je réussis à faire jaillir quelques larmes de mes yeux. Les petites bonnes qui, au fond, étaient tout cœur, me plaignirent et s'enquérirent de ce que j'avais.

– Quelque chose de sinistre : je vais vous raconter. Je m'appelle Toribio Sugranes et j'ai fait mon service en compagnie de M. Peraplana, celui qui vit ici, dans cette si belle maison. Il faisait son stage de sous-lieutenant, moi j'étais troufion. Un jour, au camp, une mule emballée allait lui décocher une terrible ruade, à Peraplana, quand je me suis interposé et lui ai sauvé la vie, au prix d'une canine dont vous pouvez apprécier la vacance. Comme on peut le supposer, Peraplana fut très reconnaissant et me jura que, si jamais j'avais un jour besoin de quoi que ce soit, je n'aurais qu'à m'adresser à lui. Bien des années ont passé et voilà que je me trouve dans une situation pénible, comme vous pouvez le déduire de mon aspect général. Me souvenant de la promesse de jadis, je suis venu ce matin frapper à la porte de Peraplana, bien décidé à lui rappeler sa dette de gratitude ; et que croyez-vous que j'ai trouvé ? Des bras ouverts ? Allons donc ! Un coup de pied au cul !

– A quoi t'attendais-tu, mon garçon ? intervint une des femmes.

– De quel maquis débarques-tu ? demanda une autre.

– En voilà un tout prêt à croire qu'on achète les enfants à Paris, railla une troisième.

– Ne vous moquez pas de lui, dit celle qui paraissait la plus raisonnable et qui ne devait pas compter plus de seize petites années, une vraie griotte confite. Tous les riches sont des vaches, mon fiancé me l'a dit, il milite au PSUC.

– Ne soyez pas méchantes, reprocha une cinquième dont l'uniforme un peu court laissait entrevoir des jambons appétissants. Les années ont passé depuis l'histoire de la mule, et ces années ont, pour sûr, plus marqué M. Peraplana que toi, mon agneau. Tu es bien sûr, au moins, que vous avez fait votre service ensemble ?

– Oui, mais moi je le faisais comme appelé du contingent, tandis que Peraplana avait bénéficié de tous les sursis. Ça explique la différence d'âge que tu as très sagacement remarquée, ma beauté.

La fille aux jambons parut satisfaite de mon explication improvisée ; elle ajouta :

– Selon ce que j'ai pu observer, les Peraplana sont de braves gens. Ils paient bien et ne sont pas trop regardants. Il est possible que tout soit sens dessus dessous pour l'instant, à cause du mariage de la petite.

– Isabelita se marie ? demandai-je.

– Elle a aussi fait son service avec toi ? trancha la grosse, dont les talents déductifs étaient en train de la convertir en danger pour moi.

– Peraplana avait mis sa fiancée enceinte au cours d'une permission passée à Salou : il s'est marié en penalty dès qu'on nous a donné le feu vert. Il m'avait dit que s'il avait une fille, il l'appellerait Isabelita. Comme le temps passe ! Et comme j'aimerais la voir, la petite, maintenant ! Que de souvenirs...

– Eh bien, je ne crois pas qu'ils t'inviteront à la noce, mon gros chou, interrompit la fiancée du PSUCiste. On dit que le futur est plein aux as.

– Est-il beau, au moins ? voulut savoir une autre.

– On dirait un présentateur du journal télévisé, énonça, sentencieuse, la griotte confite.

Il s'était fait tard et les bonnes se dispersèrent comme une de ces bandes de tourterelles qu'un bruit soudain effraie, et qui s'envolent en déféquant pour alléger leur poids. Je me retrouvai seul dans la rue, très calme à ce moment-là, et consacrai quelques secondes à tracer un plan pour l'exécution duquel je recourus une fois de plus aux boîtes à ordures qui s'étaient converties pour moi en avantageux substitut des grands magasins. Une caisse, quelques papiers, un cordon et d'autres adminicules me suffirent pour composer un paquet avec lequel je me dirigeai vers la maison Peraplana. Je traversai un rafraîchissant jardin, sur les gravillons duquel reposaient deux Seat et une Renault, ainsi qu'une fontaine de marbre, une balancelle et une table blanche protégée par un parasol rayé. Je m'arrêtai devant la porte de verre plombé donnant accès à la maison et pressai un timbre qui, au lieu de faire rrring, fit ding-dong. Un majordome ventripotent répondit à ce carillon. Je lui fis un salut courtois :

– Je viens de la joaillerie Sugranes, celle du paseo de Gracia, j'apporte un cadeau de noces pour Mlle Isabel Peraplana. La demoiselle est-elle là ?

– Oui, mais elle ne peut vous recevoir à présent, dit le majordome. Donnez-moi le paquet, je le lui remettrai. Il sortit de sa poche deux pièces de monnaie ; moi, mort de faim comme je l'étais, j'envisageai la possibilité de les accepter et de sortir en courant. Mais j'eus raison de ce mesquin penchant et mis le paquet à l'abri du majordome, en m'écartant de lui.

– La demoiselle doit signer le bulletin de livraison.

– Je suis autorisé à signer, rétorqua l'altier majordome.

– Mais je ne suis pas autorisé à effectuer la livraison si Mlle Isabel Peraplana ne signe pas de sa main, de son écriture, et en ma présence. C'est une règle de la maison. Ma fermeté fit vaciller le majordome :

– Mademoiselle ne peut pas venir maintenant, je vous l'ai déjà dit : elle a un essayage avec sa couturière.

– Faisons une chose, proposai-je. Appelez la joaillerie au téléphone et, s'ils me le permettent, j'accepterai avec un immense plaisir non seulement votre signature, mais votre parole d'honneur.

Assez convaincu par de si plausibles arguments, le majordome m'ouvrit le passage. J'implorai tous les saints pour qu'il n'y ait pas de téléphone dans le hall : ma prière fut exaucée. Le vestibule, une pièce circulaire au plafond haut et voûté, ne contenait presque pas de meubles, mais des jardinières avec des petits palmiers et des personnages en bronze qui représentaient des femmes à poil et des nains. Le majordome me fit signe d'attendre là, tandis qu'il allait téléphoner à l'office. J'avais cru jusqu'en cet instant qu'office était un nom pour urinoir, mais je n'extériorisai pas mon étonnement. Quand il me demanda quel était le numéro de la bijouterie, je répondis que je ne m'en souvenais plus.

« Cherchez dans l'annuaire, à joaillerie Sugranes. Si vous ne trouvez pas, cherchez à Sugranes joailliers. Et si vous ne trouvez pas non plus, cherchez à objets de valeur. Et demandez Sugranes père. Le fils est un débile mental sans pouvoir de décision.

Le majordome avait à peine disparu que je montai quatre à quatre les escaliers couverts de tapis qui partaient au fond du vestibule. Une fois à l'étage supérieur, je passai la tête à toutes les portes, jusqu'à ce que, à ma troisième tentative, je trouve ce que je cherchais. Il y avait là deux personnes; l'une, d'un certain âge, devait être la couturière puisqu'elle portait sur son bras, comme un galon de caporal, un coussinet piqué d'épingles. Dans l'autre, je reconnus immédiatement Isabel Peraplana, en dépit du temps qui s'était écoulé entre la photo que venait de me montrer le vertueux jardinier et la femme que j'avais maintenant sous les yeux, dans toute la plénitude d'une beauté véritablement suffisante pour vous faire arrêter un train. Sa chevelure blonde tombait en ondes sur des épaules délicates tandis qu'un diadème de petites fleurs blanches la couronnait. Pour tout habillement, elle portait un minuscule soutien-gorge blanc et une petite culotte de fine dentelle au travers des points de laquelle s'échappaient quelques boucles dorées. Pour compléter le tableau, j'ajouterai que les deux femmes avaient la bouche ouverte et que de ces deux orifices jaillirent des cris de terreur, provoqués à n'en pas douter par mon intrusion inopinée.

– J'apporte un précieux cadeau de la joaillerie Sugranes, m'empressai-je de dire en agitant le faux paquet, à l'intérieur duquel tintinnabulaient deux boîtes de sardines vides, que j'avais placées là pour donner l'illusion qu'il s'agissait de métaux nobles.

Le propos ne réussit pas même à apaiser la consternation des deux femmes. Résolu à tout, je fonçai sur la couturière et rugis :

« Je te croquerai, trouillarde !

Ce devant quoi la vieille sortit dans le couloir, laissant derrière elle une traînée d'épingles comme le Petit Poucet semait des miettes de pain, et demandant de l'aide à pleins poumons. Débarrassé de la couturière, je fermai la porte et poussai le verrou. Cela fait, je me retournai vers Isabelita qui, muette de terreur, me regardait tout en essayant de couvrir, de ses mains, ses charmes, lesquels m'auraient fait sortir de mes gonds si je n'avais pas eu un message important à délivrer.

« Mademoiselle Peraplana, bredouillai-je, nous n'avons que quelques instants. Essayez de m'écouter avec toute votre attention. Je ne suis pas un coursier de la joaillerie Sugranes, je ne crois même pas qu'il existe aucune firme de ce nom. Ce paquet contient seulement des boîtes de conserve vides et n'a d'autre fonction que de me permettre d'entrer dans votre maison, une violation que j'ai osé commettre pour pouvoir parler en privé avec vous. Vous n'avez rien à craindre de moi. Je suis un ex-délinquant, libre seulement depuis hier. La police me recherche pour m'enfermer de nouveau à l'asile parce qu'elle croit que je suis mêlé à la mort d'un homme ou, qui sait, de deux, si les types à mitraillettes ont touché le jardinier. Je suis aussi impliqué dans une affaire de drogues : cocaïne, amphétamines, acide. Et si ma pauvre putain de sœur est en taule, c'est par ma faute. Vous pouvez voir dans quelle dramatique trame je me trouve. Je répète que vous n'avez rien à craindre : je ne suis pas fou comme on le prétend, et je ne suis pas, non plus, un criminel. Il est certain que je sens un peu des aisselles, le vin et les ordures, mais tout ceci a une explication raisonnable que je vous donnerais avec tout mon cœur si je disposais d'un peu de temps, ce dont, par malheur, je ne dispose pas. Vous me suivez ?

Elle fit un signe affirmatif mais elle n'avait pas l'air très convaincue. Je pensai que c'était probablement une de ces petites filles qui sont gâtées par excès de cajoleries, et je poursuivis, tandis que le majordome rugissait de l'autre côté de la porte pour que j'ouvre immédiatement :

« Je veux seulement que vous compreniez bien une chose : du succès de mes recherches dépendent ma liberté et celle de ma pauvre sœur. Ceci peut ne pas avoir la moindre importance pour vous, surtout à la veille de vos noces avec un beau et riche jeune homme, selon ce que m'ont dit les petites bonnes du quartier ; et chanceux, ajouterai-je, à la vue de celle qu'il va emporter avec lui ; je désire en passant vous formuler mes vœux d'éternelle félicité. Mais il faut, comme je vous disais... – La police arrive, entendis-je le majordome crier. Sortez les mains en l'air et il ne vous arrivera rien.

–... comme je vous disais, il faut que je résolve une affaire et, pour ce faire, votre coopération m'est indispensable, mademoiselle Isabel.

– Que voulez-vous de moi ? murmura la jeune fille d'une voix haletante.

– Vous avez été élève au collège des sœurs lazaristes de Saint-Gervais, n'est-ce pas ? Si, c'est vrai, je le sais, et j'ai vu votre photo dans le numéro d'avril 71 de *Des roses pour Marie*.

– J'allais à ce collège, c'est vrai.

– Vous n'y alliez pas, vous y étiez interne. Vous l'avez été jusqu'en classe de cinquième. Vous étiez une bonne élève, appliquée, les sœurs vous adoraient. Et puis, une nuit, vous avez disparu.

– Je ne sais pas de quoi vous me parlez.

– Une nuit, vous avez disparu mystérieusement du dortoir, franchi plusieurs portes fermées, traversé le jardin sans que les chiens entendent vos pas, sauté par-dessus une grille ou un mur réputés inexpugnables et vous vous êtes perdue dans l'inconnu.

– Vous êtes fou à lier, m'interrompit la jeune fille.

– Vous avez disparu sans laisser de traces et toute la police de Barcelone n'a pu découvrir votre refuge jusqu'à ce que, deux jours plus tard, vous refassiez le même trajet en sens inverse, et réintégriez votre dortoir, comme si de rien n'était. Vous avez dit à la mère supérieure que vous ne vous souveniez de rien, mais ce ne peut être vrai. Ça ne peut pas être vrai que vous ne vous souveniez pas d'avoir réalisé deux fois de suite de telles prouesses, ça ne peut pas être vrai que vous ne vous souveniez pas de ce que vous avez fait ni de l'endroit où vous vous êtes cachée pendant les deux jours au long desquels vous vous êtes éclipsée du royaume des vivants. Racontez-moi ce qui est arrivé. Racontez-le-moi pour l'amour de Dieu : vous contribuerez à sauver d'un sort incertain une enfant innocente et à réinsérer dans la vie sociale un pauvre être qui sollicite simplement le respect de ses semblables, plus une bonne douche.

Des coups de talons résonnèrent dans le couloir, puis des coups de poing sur la porte : la police. Je regardai la jeune fille avec angoisse.

« Je vous en prie, mademoiselle Isabel.

– Je ne sais pas de quoi vous me parlez. Je vous jure par tout ce que vous voudrez que je ne sais pas de quoi vous parlez. Il y avait dans sa voix une sincérité désespérée et, à vrai dire, même si en parlant elle avait ri aux éclats, je n'aurais pu faire mieux que d'accepter sa réponse, car les gonds de la porte étaient sur le point de céder et déjà la matraque dressée d'un policier pointait parmi les éclats du panneau supérieur. Je dus donc m'en tenir à présenter mes excuses pour les ennuis causés et me jetai par la fenêtre, tête la première, à l'instant même où le premier représentant de l'autorité tendait vers moi une main réglementairement gantée.

Je tombai sur la capote d'une des Seat garées sur le gravier et ne souffris pas de dégâts matériels de grande envergure, à ceci près que je déchirai sur l'antenne la partie postérieure de mon pantalon, me ralliant du même coup à la vague d'érotisme qui nous envahit et à laquelle cèdent si volontiers nos vedettes, avides d'exhiber aujourd'hui des chairs flasques qu'elles dissimulèrent alors qu'elles étaient encore fermes, lors d'un hier déjà lointain. Considérant sans doute que les émoluments qu'il percevait ne justifiaient pas qu'il prît le risque de sauter à ma suite, le policier se contenta de vider le chargeur de sa mitraillette sur la Seat où je ne me trouvais déjà plus, transformant le moteur, la carrosserie et les vitres en gruyère. Je dirai en passant que je n'ignore pas que le gruyère n'a pas de trous, ceux-ci appartenant en fait à un autre genre de fromage dont j'ai oublié le nom et que, si j'ai utilisé la comparaison qui précède, c'est que dans le langage commun de notre pays on a coutume d'identifier toute surface trouée avec le premier de ces deux fromages. J'ajouterai même que je fus un peu déçu que la voiture criblée n'explosât pas, comme font invariablement les mécaniques analogues dans les séries de télévision, bien que nous sachions tous qu'il y a un abîme entre la réalité et la fiction, et que l'art et la vie ne vont pas nécessairement de pair.

Je bondis donc, comme je disais, de la voiture sur le sol et de là par-dessus la haie et je parcourus la rue avec une stupéfiante agilité, utilisant ma tête comme bélier pour m'ouvrir un passage parmi les gens que les cris et les coups de feu avaient attirés. La chance voulut que la police décidât *a priori* qu'elle se trouvait en présence d'un probable violeur : elle agit donc avec la légèreté et la condescendance propres à des cas de ce genre et non comme si elle devait affronter un terroriste, une occurrence qui l'aurait sans doute incitée à encercler le pâté de maisons et à employer toute la technologie moderne dont elle dispose. Une fois à l'abri, je récapitulai : l'entrevue avec Isabel Peraplana pouvait sans ambages être tenue pour un échec ; les dangers encourus avaient été démesurés par rapport au bénéfice obtenu. Mais je ne me sentais pas du tout ratatiné, dès lors qu'il me restait encore à jouer mon dernier atout, matérialisé en la personne de Mercédès Negrer dont le nom avait été, jusqu'aux heures précédentes, unanimement passé sous silence, pour des raisons qui ne devaient pas manquer d'être juteuses.

9

Une excursion à la campagne

Il y avait dix Negrer dans l'annuaire du téléphone. Je me suis toujours demandé pourquoi les autorités consentent à la répétition des noms propres, privant ceux-ci de toute utilité et fomentant la confusion parmi les concitoyens. Que ferait notre efficace service postal, si vingt localités s'appelaient, mettons, Ségovie ? Comment recouvrerait-on les amendes, si plusieurs voitures portaient la même immatriculation ? Quelles satisfactions gastronomiques obtiendrions-nous si tous les services d'un menu étaient dénommés bouillon de poulet ?

Au vrai, ce n'était pas le moment propice pour concevoir des réformes administratives, et je laissai là mes réflexions pour me concentrer sur une tâche que je prévoyais laborieuse et qui le fut. La fortune, qui jusqu'alors m'avait favorisé, se montra revêche et je dus effectuer neuf appels, fort ennuyeux, avant qu'une voix féminine, qui me parut avinée, admit appartenir à Mercédès Negrer.

– C'est un plaisir de vous saluer, dis-je avec une articulation orthophonique. Ici la Télévision espagnole. Je vous appelle de nos studios de Prado del Rey. A l'appareil, Rodrigo Sugranes, directeur des programmes. Auriez-vous l'amabilité de nous consacrer quelques secondes de votre précieux temps ? Oui ? Il ne pouvait pas en être autrement ! Vous le constaterez bientôt, nous sommes en train de structurer un nouveau programme d'actualité, bien conforme aux temps qui courent, qui a pour titre : "Jeunesse et démocratie". A cet effet, nous interviewons pour nos caméras les générations qui ont vu le jour dans les années cinquante et qui auront bientôt l'occasion de voter... Vous voyez, toute la gomme... Selon nos informations, vous êtes née approximativement le... attendez un instant, ne me le dites pas... (je fis un rapide calcul mental, quatorze ans il y a six, 1977 moins vingt...) en 57 ? Je suis dans le vrai ?

– Vous êtes dans le faux, répondit la voix. Je suis née en... Qu'est-ce que ça peut vous faire ? C'est à ma fille que vous voulez parler.

– Lamentable erreur, madame ; comment aurais-je pu supposer que vous n'étiez pas votre propre fille ? Vous avez une voix si juvénile, une modulation si chantante... Pouvez-vous demander à votre fille de venir à l'appareil ?

Il y eut une hésitation que je ne sus à quoi attribuer.

– Non... Ma fille n'est pas là.

– Savez-vous quand elle rentrera ?

– Elle ne vit pas ici.

– Auriez-vous dans ce cas la bonté de me donner l'adresse de votre fille ?

Nouvelle hésitation... Cette famille se serait-elle vue, pour un quelconque châtiment, marquée par l'opprobre de compter une fille écervelée ?

– Je ne peux pas vous révéler l'endroit où se trouve ma fille, monsieur Sugranes. Croyez-moi, je suis désolée !

– Madame, allez-vous refuser votre coopération à la Télévision espagnole, présente chaque soir dans tous les foyers de la patrie ?

– On m'a dit de ne pas...

– Madame de Negrer, comprenez-moi bien ! Je ne sais qui vous a dit quoi, mais je puis vous assurer que je ne vous parle pas en mon nom propre ni même en celui des millions de téléspectateurs qui nous suivent chaque jour. Je vous dirai, à titre confidentiel, que M. le ministre de l'Information et du Tourisme, si du moins cette haute instance de gouvernement n'a pas encore changé de nom, porte un vif intérêt à ce programme pilote. Madame...

Je craignis qu'elle ne raccroche. Je perçus une respiration agitée. J'imaginai un buste haletant, qui sait, un filet de sueur dans la rigole pectorale. Je dus faire un effort pour éloigner de moi ces fantasmes. La dame parla :

– Ma fille Mercéditas vit toujours à Pobla de l'Escorpi. Peut-être que si M. le ministre est intéressé, comme vous dites, il pourrait intercéder auprès de... qui de droit... et mettre fin à ce douloureux éloignement.

Je n'avais pas la moindre idée de ce qu'elle me racontait, mais j'avais l'information que je cherchais : et c'était l'essentiel.

– Ne vous en faites pas, madame, il n'y a pas de levier que la télé ne puisse actionner. Mille mercis et à bientôt. Nous avons l'antenne...

Je sortis de la cabine, qui sentait le chien, et consultai l'heure à la pendule octogonale qui décorait le frontispice d'une boutique de corsets : six heures et demie. Je réintégrai la cabine, appelai les Renseignements, demandai le numéro des Chemins de Fer, les appelai quarante fois et, par miracle, obtins une réponse. Le dernier train pour Pobla de l'Escorpi partait dans vingt minutes, de la gare de Cercanias. J'arrêtai un taxi et promis au chauffeur un bon pourboire si nous arrivions à la gare à temps pour le train. Nous parcourûmes la moitié du trajet sur les trottoirs et arrivâmes devant la gare deux minutes avant l'heure du départ. Profitant d'un feu rouge, je sautai du taxi et me faufilai entre les voitures agglutinées sur la chaussée. Le chauffeur ne pouvait abandonner le volant pour me poursuivre et se contenta de m'insulter de toute son âme. Il était l'heure pile quand je pénétrai dans le hall taché de suie, je perdis encore une minute à vérifier sur quel quai je devais me rendre. Quand je parvins finalement à destination, le train, objet de ma célérité, était en formation (terme très usuel dans le langage ferroviaire mais dont je ne parviens pas à bien comprendre la signification). La proverbiale imponctualité de la RENFE m'avait sauvé.

Le quai, que dis-je, toute la gare, était un pandémonium. Premiers effets du flux tumultueux et lucratif de touristes qui s'obstinent à visiter ce pays, année après année, à la recherche des caresses de notre soleil, du surpeuplement de nos plages et du coût dévalué de nos pitances, gazpacho aqueux, boulettes de viande douteuses et tranches de melon. Des voyageurs déconcertés s'efforçaient en vain de traduire dans leur langue respective ce que quelques haut-parleurs nasillards diffusaient. A l'abri de cette confusion, je volai à un enfant le petit bout de carton marron qui allait me permettre de voyager dans la légalité. Plus tard, je pus voir la mère du petit garçon le gifler sous le regard sévère du contrôleur. Ça me fit un peu de peine, mais je me consolai en pensant que cette leçon serait peut-être utile à l'enfant, dans l'avenir.

Il faisait sombre quand le train dépassa les derniers confins de la ville et s'enfonça dans une morne campagne. Quoique le wagon fût plein, et que divers passagers dussent rester debout dans l'étroit couloir, personne ne s'assit à côté de moi : de toute évidence, à cause de l'odeur fétide que dégageaient mes aisselles. Je décidai de tirer profit des préjugés humains, et, m'étendant de tout mon long sur le siège, je ne tardai pas à m'endormir, vaincu par la fatigue. Mes rêves, auxquels Ilsa, la sociologue licencieuse, n'était pas étrangère, prirent une tournure nettement érotique et culminèrent en une incontrôlable émission séminale, instructive pour les enfants du wagon qui avaient suivi avec une curiosité scientifique les altérations et vicissitudes de mon organisme.

Deux heures plus tard, le train s'arrêta devant un hangar de torchis noirci par un siècle de suie et de laisser-aller. Sur le quai étaient alignés des bidons métalliques d'environ un mètre de haut, sur les flancs desquels on lisait : *Produits laitiers Mamasa, Pobla de l'Escorpi.* Je descendis, car c'était là que je me rendais.

Un sentier sombre et pierreux serpentait de la gare jusqu'au village. Je m'y engageai, intimidé par le silence que rompait seulement le murmure des arbres ou un bruit de bestiole. Le ciel était étoilé.

Le village semblait désert. A l'auberge-restaurant Mas de l'Etron, on me dit que je trouverais sûrement Mercédès Negrer à l'école. En prononçant son nom, le sieur Etron, car j'avais induit que c'était de lui qu'il s'agissait, ferma à demi les paupières, claqua la langue et porta sa main velue à la partie de sa corpulence cachée par le comptoir. Je le laissai en proie à ses convulsions et dirigeai mes pas vers l'école, derrière l'une des petites fenêtres de laquelle brillait une lumière jaunâtre. M'approchant de ladite fenêtre, je vis une classe déserte, exception faite d'une jeune femme aux cheveux noirs très courts, dont je ne pus discerner le visage. Elle examinait une liasse de copies entassées sur le bureau de la maîtresse. Je frappai doucement la vitre : la jeune femme sursauta. Je collai mon visage au carreau et, malgré les difficultés que la situation comportait, essayai de sourire pour rassurer l'institutrice, car j'avais déduit qu'il s'agissait d'elle, en même temps que de Mercédès Negrer, qui occupait cette fonction.

Quand elle enleva ses lunettes et s'approcha de la fenêtre, je la reconnus. Au contraire de son amie Isabelita Peraplana, Mercédès Negrer avait beaucoup changé, non que sa physionomie eût subi d'autres variations que celles inhérentes au développement biologique naturel, mais parce que l'expression de ses yeux et le rictus de sa bouche n'étaient plus ceux qui m'avaient contemplé quelques heures auparavant depuis les pages satinées de l'immonde *Des roses pour Marie*. Je ne manquai pourtant pas de remarquer que ses traits étaient, malgré tout, menus, réguliers et gracieux ; ses jambes, dissimulées par un pantalon moulant de velours noir, longues et apparemment bien tournées ; ses hanches, rondelettes ; sa taille, étroite ; ses mamelles, qu'un jersey de laine s'efforçait de maintenir, robustes et tressautantes. J'imaginai qu'elle devait faire partie de celles qui se dispensent du soutien-gorge : une catégorie qui peut compter sur mon approbation.

La personne ainsi décrite leva de quelques millimètres sa fenêtre à guillotine et me demanda qui j'étais, et ce que je voulais.

« Mon nom ne vous dira rien, fis-je en essayant d'introduire mes lèvres dans la fente, et je dois vous parler. S'il vous plaît, ne fermez pas avant de m'avoir écouté. Regardez, j'ai mis mon petit doigt sur le rebord de la fenêtre. Si vous fermez, vous serez responsable de ce qui arrivera à mon fragile ossement. Je sais que vous vous appelez Mercédès Negrer et madame votre mère, une femme charmante, m'a donné votre adresse, ce qu'elle n'aurait pas fait, puisqu'il s'agit d'une mère, si mes intentions n'avaient pas été parfaitement nettes. Je suis venu *ex professo* de Barcelone pour avoir avec vous un échange d'impressions. Je ne vais vous faire aucun mal. S'il vous plaît...

Mon intonation pitoyable et mon expression sincère durent convaincre. Elle ouvrit un peu plus sa fenêtre.

– Parlez, dit-elle.

– Ce que j'ai à vous dire est confidentiel et il se peut que cela nous prenne un certain temps. Pourrions-nous converser dans un coin plus retiré ? Laissez-moi au moins entrer et m'asseoir à l'un des pupitres. Je ne me suis jamais assis devant un pupitre, mes études ayant été pour ainsi dire déficitaires. Mercédès Negrer réfléchit quelques secondes au cours desquelles je réussis à ne pas clouer une seule fois mes pupilles sur ses nichons appétissants.

– Nous pouvons aller chez moi, décida-t-elle finalement, non sans provoquer en moi autant d'allégresse que de surprise. Nous jouirons là-bas d'une relative tranquillité, et je pourrai vous offrir un verre de vin, si ça vous fait plaisir.

– Ça ne pourrait pas être un Pepsi-Cola ? osai-je insinuer.

– Je n'ai pas ce genre de choses dans mon réfrigérateur, dit-elle, sur un ton indûment amusé. Mais si l'auberge est encore ouverte, ils nous en vendront bien une bouteille.

– Elle était ouverte il y a une minute, mais je n'avais pas l'intention de vous causer le moindre dérangement.

– Ce n'est pas un dérangement. J'en avais plein les couilles d'émettre des jugements de valeur, lança-t-elle à tue-tête tandis qu'elle rangeait dans un tiroir de son bureau les copies qu'elle corrigeait l'instant d'avant, jetait ses lunettes sans étui dans un sac de toile qu'elle s'accrocha à l'épaule, et éteignait les lumières de la classe.

« Dans le temps, de mon temps, je veux dire, l'enseignement, c'était autre chose. L'érotisme primaire de l'histoire sainte et la fable édulcorée de nos gestes impériales amusaient les gamins. Maintenant, avec le désir de changement, ce ne sont plus que théorie d'ensemble, lapalissades linguistiques et une éducation sexuelle aussi décourageante qu'aléatoire.

– On vivait mieux sous Franco, avançai-je en reprenant la devise cueillie sur les lèvres du jardinier vertueux.

– Le passé est toujours meilleur, dit-elle en riant jovialement, ouvrant à la fois la bouche et la fenêtre qu'elle commença d'enjamber. Aidez-moi à sauter : j'ai acheté un pantalon deux tailles au-dessous de la mienne dans un accès d'autosatisfaction.

Je lui tendis la main.

« Non mon vieux, pas comme ça. Prenez-moi par la taille, n'ayez crainte, je ne vais pas me casser. J'ai connu des bousculades plus fortes. Seriez-vous timide, refoulé ou tout simplement maladroit ?

Son corps se heurta au mien et, la lâchant précipitamment, je me mis à contempler la lune qui brillait derrière mon dos pour dissimuler l'érection digne de remarque que son contact avait provoquée. L'idée que plus de rapprochement lui aurait permis de détecter mon offensant arôme m'aida à retrouver le repos perdu. Pendant ce temps, Mercédès Negrer, elle, avait refermé la fenêtre et m'indiquait le chemin à suivre, celui de l'auberge-restaurant d'où je venais, chemin le long duquel elle déclara que ma présence était presque une joie pour elle, que le village, comme il était patent, ne bouillonnait pas d'émotions et que l'isolement lui portait sur les neifs. Je ne voulus pas lui demander ce qui l'avait poussée à cet exil et quels motifs la retenaient dans un endroit qu'elle abhorrait de toute évidence : car je supposai que la réponse à ces questions était précisément l'objet de mon voyage et que, pour cela même, elles ne pouvaient être formulées sans beaucoup de prudence.

Par chance pour moi, l'auberge était ouverte et l'impulsif patron nettoyait la vitrine au-dessus du comptoir à l'aide d'un chiffon noirâtre et d'un aérosol, de ceux qui tuent l'oxygène. Il nous donna le Pepsi-Cola que lui demanda Mercédès, sans cesser d'inspecter les contours de celle-ci avec une authentique effronterie.

« Qu'est-ce que je vous dois ? demanda-t-elle.

– Tu sais déjà comment tu peux me payer : avec ta petite bouche de fraise, répondit l'aubergiste.

Sans se troubler devant une telle grossièreté, Mercédès tira de son sac un porte-monnaie en toile, et de celui-ci un billet de cinq cents pesetas qu'elle posa sur le comptoir. L'autre le rangea dans la caisse enregistreuse et rendit la monnaie.

« Mercéditas, quand me feras-tu ce que toi et moi nous savons ? rabâcha le gargotier lascif.

– Le jour où je serai aussi désespérée que ta femme, répliqua-t-elle en se dirigeant vers la porte.

Je compris que je devais faire valoir ma présence et, une fois dans la rue, demandai à la jeune femme si elle voulait que je retourne corriger l'insolent qui l'avait offensée de son dire.

« Laisse-le faire, dit-elle avec un rien d'ambiguïté dans la voix. Il est de ceux qui disent ce qu'ils ne pensent pas. La majorité fait le contraire et c'est pire.

– De toute façon, répondis-je (et je n'avais pas manqué de remarquer le tutoiement), je ne veux pas que vous vous mettiez en frais à cause de moi. Reprenez vos cinq cents pesetas.

– Il ne manquerait plus que ça. Garde ton argent.

– Ce n'est pas le mien, c'est le vôtre. Je l'ai soustrait à la caisse, pendant que cette grande gueule fanfaronnait.

– Elle est bien bonne, celle-là ! s'exclama-t-elle en retrouvant son humour perdu.

Elle rangea le billet dans la poche de son pantalon et me regarda pour la première fois avec un certain respect. Je m'aventurai :

– Vous êtes sûre que, si je vais chez vous, je ne donnerai pas lieu à des cancans ?

Elle me regarda droit dans les yeux sans arrêter de sourire :

– Je ne crois pas, sans te manquer de respect. Je me flatte déjà d'une mauvaise réputation, que d'ailleurs je me fous au cul.

– Je le regrette.

– Regrette plutôt que les bavardages ne correspondent pas à la réalité. Comme disaient les religieuses de la boîte où j'ai étudié, les occasions d'offenser Dieu n'abondent pas dans ce trou perdu. Avec la libération des mœurs, les jeunes filles se sont dégourdies et la concurrence est nombreuse. J'ai le désavantage de ne pas inspirer confiance. Quand on a agrandi la centrale laitière, ils ont fait venir quelques Sénégalais pour travailler comme manœuvres. Illégalement, bien sûr. Ils les payaient une merde et les congédiaient quand ils prétendaient tremper leur biscuit.

Loin de la ville, et donc des principaux courants de la mode, les intempérances de Mercédès avaient quelque chose d'une hybridation.

« J'ai pensé qu'avec les nègres, je pourrais m'envoyer en l'air bon an mal an, et contrôler au passage la véracité de certains mythes culturels. Mais je n'ai même pas essayé. A cause d'eux, bien sûr. Les gens du village les auraient lynchés s'ils avaient suspecté quelque chose.

– Et pas vous ?

– Pas quoi ?

– Ils ne vous auraient pas lynchée ?

– Non, pas moi. En premier lieu, je ne suis pas noire, comme tu pourras voir dès que nous arriverons à ce réverbère. Deuxièmement, ils sont déjà résignés. Au début, ils me faisaient la gueule. Mais, très vite, quelqu'un a prononcé le mot de nymphomane et ça a suffi pour calmer leurs inquiétudes intellectuelles. Valeur magique de tout verbe.

– Ils vous autorisent cependant à vous occuper de l'éducation de l'enfance ?

– Qu'y peuvent-ils ? Si ça tenait à eux, ils m'auraient chassée depuis des années. Mais ils ne peuvent pas.

– Une nomination ministérielle à vie ?

– Non. Je n'ai même pas le titre d'enseignante. La survie du village dépend de la centrale laitière : elle s'appelle Mamasa. Je ne sais pas si tu as vu les bidons à la gare. Oui ? Eh bien, voilà l'explication. Mamasa veut que je reste ici, et j'y resterai même si le monde s'écroule.

– Et le propriétaire de Mamasa, qui c'est ? demandai-je.

– Peraplana.

La réponse que j'attendais. Une ombre de peur passa sur ses beaux yeux astigmates.

« C'est lui qui t'envoie ? demanda-t-elle avec un filet de voix.

– Non, non, d'aucune façon. Je suis de votre côté, croyez-moi.

Après un silence et quand je craignais déjà qu'elle ne voulût plus rien entendre, elle dit avec la conviction de qui a désespérément besoin de faire confiance à quelqu'un :

– Je te crois.

Aïe, pensai-je, si on était dans d'autres circonstances...

Nous arrivions à la porte d'une grande maison de pierre, très ancienne, qui se dressait, solitaire, à l'extrémité d'une rue silencieuse. Derrière, commençait la campagne. Une rivière gargouillait au loin, et la lune éclairait d'imposantes montagnes à l'horizon. Mercédès Negrer ouvrit sa porte avec une énorme clé rouillée à la connotation clairement priapique et m'invita à entrer.

L'endroit était sommairement pourvu de meubles rustiques. Les murs du petit salon où elle me conduisit étaient tapissés d'étagères débordantes de livres. Il y en avait jusque sur la chaise longue et les petits fauteuils d'osier. Dans un coin, un vieux téléviseur couvert de poussière.

« Tu as dîné ? me demanda la jeune femme.

– Oui merci, dis-je, en sentant la faim garrotter bassement mes entrailles.

– Ne mens pas.

– Ça fait deux jours que je n'ai rien avalé, confessai-je.

– La sincérité, c'est ce qu'il y a de mieux. Je peux te faire des œufs frits, et je crois qu'il reste du jambon. J'ai du fromage, des fruits, du lait. Le pain est d'avant-hier, mais grillé, avec de l'huile et de l'ail, il sera mangeable. J'ai aussi une soupe en sachet et une boîte de pêches au sirop. Ah ! Il me reste du touron de Noël qui doit être dur comme pierre. Bois tranquillement le Pepsi, pendant que je prépare tout ça. Et ne retourne pas tous mes papiers, parce que tu n'y trouveras rien.

Elle sortit avec une précipitation incongrue. Seul avec ma boisson, je me laissai tomber dans un fauteuil et bus quelques gorgées. Vaincu par la fatigue des jours précédents, ému jusqu'à la moelle non seulement par les perspectives que le discours de mon amphitryonne m'autorisait à concevoir mais plus encore par le ton de maternelle sollicitude sur lequel il avait été énoncé, je fus à deux doigts de me mettre à pleurer sans contrainte. Mais je résistai, en vrai mec.

10

Histoire d'une institutrice homicide

J'avais terminé un repas plantureux et je mordillais la barre de touron, rance, certes, mais pour moi réellement exquise, quand la pendule murale du salon sonna les onze coups relatifs à l'heure effective. Assise sur le tapis, les jambes croisées, bien qu'il y eût quantité de chaises vides dans la maison, Mercédès Negrer m'observait avec une curiosité narquoise. Avec cette sobriété qui caractérise les repus, la fille avait ingurgité pour tout aliment quelques morceaux de fromage, une carotte crue et deux pommes, après quoi elle m'avait demandé si j'avais un joint, ce à quoi je dus répondre par la négative ; c'était vrai, mais je lui aurais également dit non si j'avais possédé ce qu'elle me demandait, parce que je désirais qu'elle eût les idées claires pendant l'interrogatoire astucieux auquel j'espérais la soumettre. Comme on dit que cela arrive quand une tempête se prépare, un scrupuleux silence avait régné pendant tout le dîner, si nous entendons par silence l'absence d'expression verbale, car mes mastications, déglutitions et éructations avaient éveillé des échos jusque dans les sombres pierres de la grande maison. Tout cela achevé, je mis de l'ordre dans mes pensées et commençai :

– Si, jusqu'en cet instant, je n'ai rien fait d'autre que d'abuser de ta générosité sans limites, pour laquelle je te serai éternellement reconnaissant, attendu que l'ingratitude n'entre pas dans l'ample spectre de mes fautes, qui ne sont certes pas précisément légères, même si je n'en suis pas toujours et dans beaucoup de cas entièrement responsable, je me propose de te révéler maintenant l'inconnue de ma visite, par une relation succincte de ses antécédents et la spécification de son propos. De la résolution heureuse de la petite affaire sur laquelle j'enquête, dépendent beaucoup de choses. Je suis, comme je te l'ai déjà dit, homme de bien, quoiqu'il n'en ait pas toujours été ainsi. Je connais par malheur les deux faces du creuset, si la métaphore est valable, chose dont je doute parce que je ne connais pas la signification du mot creuset. Mes faux pas d'antan m'ont conduit en prison et autres lieux que je préfère ne pas mentionner ici, pour ne pas te causer une plus grande impression que celle que mon aspect produit déjà.

– Arrête ton char, Mariano, dit-elle.

– Je n'ai pas fini.

– Pas la peine. Dès le premier instant, j'ai deviné la raison de ta venue. Évitons les circonlocutions. Que veux-tu savoir ?

– Ce qui s'est passé il y a six ans. Tu en avais alors quatorze.

– Quinze. J'ai perdu un an pour cause de scarlatine.

– D'accord pour quinze, concédai-je. Pourquoi as-tu été renvoyée du collège des sœurs lazaristes de Saint-Gervais ?

– Pour manque d'application et d'intérêt aux études.

Elle avait répondu très vite. Je désignai les étagères qui nous entouraient. Elle comprit mon objection.

« En fait, ce fut pour mauvaise conduite. J'étais une adolescente rebelle.

Je me souvins que le chaste jardinier l'avait qualifiée de petit diable ; à vrai dire, il avait accolé la même épithète au comportement de la plupart des élèves.

– Une si mauvaise conduite qu'on ne pouvait la châtier par les moyens disciplinaires en usage ?

– Pour le cas où tu n'aurais pas lu Beauvoir, c'est l'âge où les filles changent. Certaines acceptent la transition sans explosions. Je ne fus pas de celles-là. Le phénomène est bien étudié en psychiatrie, mais les nonnes d'alors n'étaient pas férues de science et préférèrent penser que j'avais été ensorcelée.

– Tu n'as pas dû être la première dans ton cas.

– Je ne suis pas non plus la première élève qui ait été renvoyée d'un collège.

– Isabel Peraplana aussi avait le diable au corps ?

Il y eut une pause plus longue que les précédentes. Je savais que celle-ci avait un sens, fort du traitement psychiatrique prolongé auquel on m'avait soumis à l'asile ; mais j'ignorais lequel.

– Isabelita était une gamine exemplaire, répondit-elle finalement d'une voix inexpressive.

– Pourquoi l'a-t-on renvoyée, si elle était exemplaire ?

– Demande-le-lui.

– Je l'ai déjà fait.

– Et sa réponse ne t'a pas satisfait ?

– Il n'y a pas eu de réponse, elle m'a dit qu'elle ne se souvenait de rien.

– Je le crois, commenta Mercédès avec un sourire étrange.

– Elle m'a effectivement paru sincère. Mais il doit y avoir quelque chose de plus, quelque chose que tout le monde sait et tait.

– Ils doivent avoir leurs raisons, ou nous devons les avoir, si tu m'inclus à ce « tout le monde ». Pourquoi désires-tu savoir à tout prix ce qui s'est passé ? Es-tu concerné par la réforme de l'enseignement ?

– Il y a six ans, Isabel Peraplana a disparu de l'internat dans des conditions inexplicables et est réapparue dans des circonstances analogues. En suite de quoi, à ce qu'il semble, elle fut expulsée du collège, et toi aussi, toi qui étais sa meilleure amie, à ce qu'on peut supposer, sa confidente. Je ne veux pas aventurer de conclusions précipitées, mais il est naturel d'imaginer que les deux renvois ont entre eux un rapport et qu'ils sont intimement liés à la disparition provisoire d'Isabelita. Tout cela, bien sûr, c'est de l'histoire, beaucoup d'eau depuis est passée sous les ponts et, personnellement, ça m'indiffère. Mais il y a quelques jours, je ne sais plus combien parce que j'ai perdu le compte, mais peu, une autre fille a disparu. La police m'a offert la liberté, ce à quoi je ne pourrai opposer aucun argument, car telle est la loi de la vie. Mais je ne peux pas faire moins qu'essayer. Je ferais appel à l'amour de la vérité, de la justice et autres valeurs absolues, si telle était mon inclination, mais je ne sais pas mentir quand il s'agit des principes. Si j'avais su mentir, je n'aurais pas été une scorie, ce que j'ai été toute ma vie. Je viens à vous sans brandir de menace et sans promesse, parce que je sais que je ne peux faire usage licite ni de l'une ni de l'autre, et qu'un tel comportement serait quasiment, si ce n'est tout à fait, ridicule. Je vous demande de l'aide, parce que la seule chose que je puisse faire c'est demander et parce que vous êtes mon ultime espoir. De votre bienveillance dépend la fin de mes démarches. Je n'en dirai pas plus. Sauf que j'ai recommencé à vous vouvoyer non par inadvertance, mais parce qu'une prétendue familiarité avec les personnes qui me sont supérieures pour diverses raisons me fait sentir en porte à faux.

– Je regrette, dit-elle, les sourcils froncés, le regard intense et le souffle court, mais, par principe, je n'accepte pas les chantages sentimentaux. Donc, pas de marché. Il est onze heures et demie. Le dernier train passe à minuit. Si tu t'en vas tout de suite, tu as largement le temps d'arriver à la gare. Je te donnerai de l'argent pour le billet, si tu ne le prends pas mal.

– Je ne prends jamais mal l'argent, répondis-je ; seulement il n'est pas onze heures, mais minuit et demi. A la gare, j'ai regardé l'heure du dernier train et, pendant que vous étiez à la cuisine, prévoyant votre réaction, j'ai retardé la pendule d'une heure. Je déplore de payer votre hospitalité d'une vilenie, mais je vous l'ai déjà dit, pour moi l'enjeu est de taille. Excusez-moi.

Quelques secondes angoissantes passèrent, pendant lesquelles je craignis qu'elle ne me frappât la tête avec le premier objet venu et me jetât à la rue. Je vis briller dans ses yeux la lueur d'admiration vaguement infantile que j'avais déjà remarquée en lui rendant le billet volé à l'auberge. Je soupirai d'aise intérieurement : il n'y aurait pas de représailles. Si je m'étais souvenu que, malgré son aplomb, Mercéditas ne comptait que vingt tendres années, je n'aurais pas eu si peur.

– Je te déteste, se borna-t-elle à dire.

Et si mon expérience sentimentale ne s'était pas limitée alors aux quatre truies dont le souvenir amer souligne le désert de mon cœur, j'aurais ressenti à ce moment-là une crainte toute différente et plus justifiée. Mais, dans le livre que les années m'avaient inculqué par à-coups, manquait le chapitre des passions élevées, et je n'arrêtai pas mon esprit sur ce que je jugeai une insulte méritée, ni sur le chatouillis que sa voix douloureuse avait éveillé dans mes tripes et que je pris, pauvre fou ! pour des séquelles du gueuleton que je venais de me taper. Je repris donc :

– Il vaut mieux que nous renouions la conversation là où nous l'avons laissée. Pourquoi vous a-t-on renvoyée du collège ?

– Pour avoir assassiné un type.

– Pardon ?

– Tu ne voulais pas des réponses concrètes ?

– Racontez-moi ce qui s'est passé.

– Isabel Peraplana et moi, tu le sais déjà, étions amies. Elle était la fille sage, bébête et ingénue. Moi, j'étais la mauvaise influence, maligne et précoce. Ses parents étaient riches, pas les miens. Ils m'avaient envoyée au collège au prix d'énormes sacrifices qu'ils ne faisaient pas exclusivement pour moi, bien sûr ; c'était leur façon de grimper dans l'échelle sociale, au moins inconsciemment, etc. Je suppose que je partageais leurs rêves aristocratiques ; je vivais dans l'ombre des Peraplana, je passais les vacances avec eux, j'allais et venais dans leurs voitures, ils m'offraient des habits et bien d'autres choses... Bref, l'histoire habituelle.

– C'est la première fois de ma vie que je l'entends.

J'essayai d'associer aux vagues images que j'avais de l'opulence l'image d'une Mercédès adolescente que, par ailleurs, je ne réussissais pas à dépouiller mentalement de ses flagrantes rondeurs.

– Comme tu peux supposer, poursuivit-elle, cette situation finit par laisser une blessure narcissique qu'à cette phase du développement de ma personnalité, je pouvais difficilement rationaliser. Bref, mon ego s'en est trouvé traumatisé.

– Allons au fait, je vous prie.

– Je ne sais ni quand ni comment tout commença. Une fois, quand je n'étais pas là, Isabel Peraplana a dû faire la connaissance d'un mec. Je ne sais pas non plus ce qui a pu se passer dans sa tête d'enfant gâtée, ce qu'elle a vu en lui, ou quels instincts profonds il a éveillés, par Dieu sait quels propos. Le fait est que, comme on dit vulgairement, il l'a séduite.

– Il se l'est...

– Je n'ai rien dit de tel, trancha Mercédès. Je me réfère à la séduction amoureuse. Ce ne sont que des conjectures.

– Pourquoi des conjectures ? Elle ne vous a rien raconté ?

– Pourquoi aurait-elle dû me raconter quoi que ce soit ?

– Vous étiez sa meilleure amie.

– Ces choses-là ne se racontent pas à une meilleure amie, chéri. Quoi qu'il en soit, Isabel s'enfuit du collège pour aller le rejoindre une nuit.

– Elle vous avait fait part de ses projets ?

Non.

– Alors, comment savez-vous que c'est pour aller le rejoindre qu'elle s'est enfuie du collège ?

– Par la suite. Laisse-moi parler et ne m'interromps pas. Je disais qu'Isabel s'enfuit du collège pour le rejoindre. Moi, j'avais remarqué un changement dans son attitude et j'étais sur mes gardes. Je la surpris pendant sa fuite et la suivis sans qu'elle s'en rendît compte. Ne m'interromps pas. Quand j'arrivai au lieu du rendez-vous, qu'il ne me fut pas facile de découvrir, je surpris une scène terrible. J'en passe les détails. Peut-être me paraîtrait-elle normale aujourd'hui. Mais j'étais encore très enfant à l'époque, et les Pyrénées étaient alors les Pyrénées. Je t'ai déjà dit que je me sentais redevable envers Isabel de toutes les gentillesses dont j'avais été l'objet. J'ai peut-être pensé que l'occasion se présentait là de rendre des bienfaits que ma position sociale ne me permettait pas de compenser d'une autre façon. Sans m'arrêter à réfléchir, je saisis un couteau et le plantai entre les épaules de la crapule qui mourut sur-le-champ. Seulement ensuite, nous ne sûmes pas quoi faire du cadavre. Isabel était hystérique, elle appela son père qui arriva tout de suite et prit la situation en main. Les religieuses, elles, avaient prévenu la police, inquiètes de la disparition d'Isabel. Peraplana vit un certain Flores, de la Brigade Mondaine...

– Criminelle, corrigeai-je.

– Ils sont tous pareils. La police se montra compréhensive. Isabel et moi n'avions pas encore atteint la majorité pénale. Ils décidèrent de considérer qu'il s'agissait d'un cas de légitime défense. Ils retirèrent Isabel du collège. Je crois qu'ils l'envoyèrent en Suisse, comme on faisait alors. Moi, on m'expédia ici. La centrale laitière, propriété de Peraplana, me versait une pension. J'obtins ensuite de vivre indépendamment et de me rendre utile. C'est ainsi que je devins maîtresse d'école. Le reste ne fait déjà plus partie de l'affaire.

– Et comment ont réagi tes parents ?

– Que pouvaient-ils dire ? Rien. C'était la décision de Peraplana ou la maison de correction.

– Ils viennent te voir ?

– A Noël et pendant la Semaine sainte. Une corvée tolé rable.

– D'où sors-tu tant de livres ?

– Au début, c'est ma mère qui me les envoyait, mais elle n'achetait que le prix Planeta. J'ai fini par entrer en contact avec un libraire de Barcelone, qui m'envoie des catalogues et m'expédie mes commandes.

– Que se passerait-il, maintenant, si tu retournais à Barcelone ?

– Je ne sais pas et je ne veux pas le savoir. Le délit n'est pas prescrit et je ne crois pas qu'il le soit avant quatorze ans.

– Pourquoi la protection de Peraplana ne serait-elle pas aussi efficace à Barcelone, à Madrid ou en tout autre endroit ?

– Elle est efficace dans la mesure où je suis éloignée de tout... Comme morte. Un petit village est un lieu clos. Celui-ci offre l'avantage supplémentaire de la centrale laitière.

La pendule sonna douze coups.

– Dernière question : le couteau avait un manche en bois ou en métal ?

– Quelle importance ?

– Ça m'intéresse de savoir.

– Au nom des dieux ! Assez de questions. Il est une heure. Allons dormir.

– Allons dormir, mais il n'est pas une heure. Ce que j'ai raconté de la pendule, ce n'était pas vrai. Je l'ai inventé sur place pour pouvoir rester. Encore mille excuses.

– Quelle importance, répéta-t-elle, sans spécifier si elle se référait à la pendule ou au couteau. Tu dormiras dans la chambre de mes parents, je veux dire celle qu'ils occupent quand ils viennent. Les draps seront un peu humides, mais ils sont propres. Je vais te donner une couverture, parce que ça se rafraîchit au petit matin.

– Puis-je me doucher avant d'aller au lit ?

– Non. L'eau est coupée à partir de dix heures. Ils la rebranchent à sept heures. Patience.

Nous gravîmes quelques marches usées et elle me montra une vaste chambre au plafond incliné, aux poutres vermoulues et aux murs de pierre crue, au centre de laquelle se trouvait un lit à deux places avec moustiquaire et baldaquin. D'une armoire, Mercédès Negrer sortit une couverture brune qui sentait la naphtaline. Elle m'expliqua comment fonctionnait la poire d'éclairage et me souhaita de beaux rêves avant de se retirer et de fermer la porte. J'entendis ses pas s'éloigner, une autre porte s'ouvrir et se refermer, un verrou glisser. J'étais fatigué. Je me couchai sans me déshabiller, éteignis la lumière comme on m'avait appris à le faire et restai là comme une souche, essayant de trouver une explication plausible au chapelet de mensonges que cette femme étrange venait de me raconter.

11

Dans la crypte ensorcelée

Je fus éveillé par un bruit. Je ne savais plus où je me trouvais ni ce que je faisais là, la peur paralysait de ses tentacules mon entendement. A tâtons, plus instinctivement qu'autre chose, je pressai la poire qui pendait du ciel de lit, mais restai plongé dans l'obscurité la plus complète : peut-être n'y avait-il pas de fluide électrique, peut-être étais-je devenu aveugle. Je fus trempé d'une sueur froide, comme si je m'étais douché du dedans au dehors, et bientôt assailli, comme chaque fois que j'ai été saisi de panique, par une incontrôlable envie d'aller à la selle. Je tendis l'oreille et perçus des bruits de pas dans le couloir. Les événements de la nuit précédente, dans laquelle j'étais encore immergé, commencèrent à revêtir une configuration nouvelle et menaçante : le repas, certainement, était empoisonné, la conversation ourdie pour me mettre en confiance et faire de moi une proie facile ; la chambre, une souricière pourvue des plus sophistiqués mécanismes de détention et de torture. Et à présent, l'estocade finale : des pas étouffés, un coup de matraque, un poignard, dépècement, la sépulture de mes tristes restes à l'ombre des saules les plus secrets sur la berge du fleuve tumultueux, les vers voraces, l'oubli, le vide noir de l'inexistence. Qui avait conçu mon assassinat ? Qui avait tissé le filet dans lequel je me débattais comme un petit animal sylvestre ? A qui appartenait la main qui allait m'immoler ? A Mercédès Negrer en personne ? Au lascif débitant de Pepsi-Cola ? Aux Noirs surdoués ? Aux vachers de la laiterie ? Du calme ! Je ne devais pas me laisser emporter par des appréhensions que rien de ce qui s'était passé ne justifiait, je ne devais pas laisser la crainte obstruer les voies de la communication, comme me l'avait dit tant de fois le docteur Sugranes pendant la thérapie. Ton prochain est bon, m'assurait-il, personne ne te veut du mal, il n'y a aucune raison pour qu'on te démembre, tu n'as rien fait qui incite les êtres qui t'entourent à te haïr, même si ceux-ci paraissent enclins à se manifester dans ce sens. Du calme ! Il existe une explication sensée à tout : un événement bizarre de ton enfance, ou bien la projection de tes propres obsessions. Du calme ! L'inconnue se découvrira en quelques secondes, et tu riras alors de tes craintes infantiles. Tu as derrière toi cinq ans de traitement psychiatrique, ton esprit n'est plus comme avant une barque à la dérive sur l'orageuse mer des délires, comme quand tu croyais, tête de mule, que les phobies sont ces émissions silencieuses et particulièrement fétides que des personnes inciviles se permettent dans les transports publics les plus bondés. Agoraphobie : peur des espaces ouverts. Claustrophobie : peur des espaces clos, comme les sarcophages et les fourmilières. Du calme, du calme !

Après avoir retrouvé, grâce à ces pensées réconfortantes, quelque tranquillité, je fis une tentative pour sortir du lit, mais une sorte de toile d'araignée froide et lourde tomba sur moi et m'immobilisa contre les draps, pendant que je percevais clairement qu'on tournait la poignée de la porte, que les gonds grinçaient, que des pas étouffés approchaient de l'alcôve et que haletait la personne qui s'apprêtait à commettre, là, le plus épouvantable des crimes. Ne pouvant résister davantage à la peur qui me submergeait, je pissai dans mes pantalons et me mis à appeler ma mère à voix basse, dans le sot espoir qu'elle pourrait m'entendre de l'Au-delà et accourir à ma rencontre au seuil du Royaume des Ombres, moi que les ambiances nouvelles intimident toujours. J'en étais là quand j'entendis une voix à côté de moi, qui disait :

– Tu dors ?

Je reconnus Mercédès Negrer et voulus lui répondre, sans succès, ma gorge n'émettant qu'un murmure plaintif qui, de proche en proche, se transforma en hurlement. Une main se posa sur mon épaule.

« Que fais-tu là, enveloppé dans la moustiquaire ?

– Je n'y vois rien, articulai-je finalement. Je crois que je suis devenu aveugle.

– Mais, non, mon cher. Il y a une panne. Je t'amène un bougeoir mais je n'ai pas trouvé les allumettes. Mon père en a toujours une boîte en réserve dans la table de nuit, pour fumer quand il se réveille, bien que le médecin le lui ait interdit.

A côté de moi, s'ouvrit un tiroir dont des mains bouleversèrent le contenu. Un frottement se fit entendre, un crépitement, puis une petite flamme vacillante brilla, qui, après application contre la mèche d'une bougie, diffusa une vague clarté, à laquelle je pus distinguer, à travers le voilage de la moustiquaire, le calme visage de Mercédès dont les yeux cillaient. Elle portait une chemise de flanelle à carreaux écossais, qui avait dû appartenir à un homme plus grand qu'elle, et entre les pans de laquelle (ceux de la chemise) jaillissaient ses cuisses longues et fines. Quand elle se pencha sur moi pour me dégager de la moustiquaire, je vis que sous sa chemise elle portait une petite culotte bleue, pas assez épaisse pour dissimuler d'un côté un triangle sombre ébouriffé et, de l'autre, des quartiers de fesses serrées comme le poing d'un ouvrier à un meeting. Les boutons de la chemise n'étaient pas tous fermés et, quand elle s'entrouvrait, elle laissait voir de pâles chairs veloutées qui dispensaient un arôme tiède, aigre-doux.

« Je t'ai entendu parler en rêve, dit-elle.

Ajoutant sans grande logique :

« Moi non plus, je ne pouvais pas dormir. Tu as fait pipi ?

– J'ai trop dîné hier soir, m'excusai-je, la honte me faisant perdre la face.

– Ça nous est à tous arrivé une fois ou l'autre. Ne t'en fais pas. Veux-tu continuer à dormir ou préfères-tu que nous causions ?

– Je préfère que nous parlions si tu me promets de ne plus me raconter d'attrape-nigauds.

Elle rit tristement.

– Je t'ai donné la version officielle des faits. Je ne l'ai jamais trouvée très convaincante. Comment t'en es-tu rendu compte ?

– C'est une kyrielle d'absurdités, desquelles la moindre n'est pas le fait qu'une adolescente épouvantée ait pu causer la mort instantanée d'un homme en le poignardant dans le dos. Je n'ai jamais tué personne mais je ne suis pas profane en matière de violence. De face, ça peut arriver. Par-derrière, Jamais.

Elle s'assit sur le bord du lit, et moi je me blottis contre l'oreiller, les épaules appuyées au montant de bois qui craquait sous mon poids. Elle plia les genoux jusqu'à poser son menton sur eux et serra ses bras autour de ses chevilles. Personnellement, je ne partagerais pas sa notion du confort. Elle reprit :

– Le fond est bien le même : la fillette pauvre et dégourdie, la fillette riche et empotée. Le traumatisme aussi

– Que s'est-il passé, donc, la nuit où Isabelita a disparu ?

– Nous couchions dans le même dortoir, et nos lits étaient contigus. Je souffrais d'insomnies, que j'attribue maintenant aux ardeurs de l'âge, mais que j'attribuais alors à tout autre chose. J'entendis Isabel murmurer dans ses rêves et je me concentrai sur une étude silencieuse de ses traits limpides, de sa chevelure dorée, de la transpiration qui perlait sur ses tempes, des formes encore imprécises de son corps... Tu trouves que ça fait trop littéraire ?

Je ne répondis pas, pour éviter de dire quoi que ce soit qui pût faire obstacle au cours de ses pensées. Je sais que personne ne divague autant que celui qui s'apprête à faire une confession et je décidai d'être patient.

« Au bout d'un instant, continua-t-elle, Isabel se leva. Je vis qu'elle était encore endormie et crus qu'elle souffrait de somnambulisme. Elle parcourut le couloir que formaient les lits et se dirigea sans hésiter vers la porte. Je me levai et la suivis, craignant qu'elle ne se heurte à quelque chose. La porte du dortoir était toujours bouclée la nuit, je fus donc stupéfaite qu'elle l'ouvrît toute grande au moment où elle l'atteignit. Nous étions dans l'obscurité complète et je ne discernai qu'une ombre de l'autre côté de la porte, dans le corridor qui conduisait du dortoir aux toilettes.

– Homme ou femme ?

– Homme, si les pantalons sont bien l'apanage du genre. Je t'ai déjà dit que tout était sombre.

– Continue.

– Guidée par l'ombre qui avait ouvert la porte, Isabel couvrit la distance qui la séparait des toilettes. Ensuite, l'ombre lui ordonna d'attendre et revint sur ses pas pour refermer la porte du dortoir. J'avais eu le temps de me glisser hors de celui-ci et je m'étais cachée dans un recoin, bien résolue à suivre l'aventure jusqu'au bout.

– Un éclaircissement : la porte du dortoir est fermée au verrou ou à clé ?

– A clé. Du moins à l'époque.

– Qui détenait la clé ?

– Les religieuses, bien sûr. La surveillante en avait une et la mère supérieure une autre, à ce que je sais. Mais je ne crois pas qu'il ait été difficile de s'en procurer un double. Quoique le régime de l'internat fût sévère, nous étions des élèves dociles et il n'y avait nul besoin de précautions excessives. Ne confonds pas un collège avec une prison.

– Encore une question : que se passait-il quand une élève ressentait une envie péremptoire au milieu de la nuit ?

– Il y avait un cabinet et un lavabo à l'autre extrémité du dortoir. On avait placé un rideau de cretonne en guise de porte, pour que personne ne puisse s'y enfermer ou y faire des cochonneries.

« Je continue. Les toilettes étaient désertes et, en les traversant, je sentis le froid humide des dalles sous mes pieds, car j'étais déchaussée, comme Isabel. Ce qui me fit remarquer les souliers du mystérieux accompagnateur de mon amie, et je vis qu'il portait des espadrilles de toile à semelles de caoutchouc. A l'époque, nous appelions ça des Wambas ! C'était la marque la plus connue, elles ne coûtaient pas cher et duraient longtemps. Pas comme celles qu'on fabrique aujourd'hui, qui sont d'une qualité lamentable.

« Au fond des toilettes, il y avait une autre porte qui communiquait avec un escalier, par lequel on descendait jusqu'à l'antichambre de la chapelle. En sortant des toilettes, après s'être habillées, les filles allaient se mettre en rangs dans ladite antichambre, et la surveillante nous passait en revue. Inutile de dire que l'antichambre et l'escalier étaient à cet instant aussi déserts que les toilettes. La mystérieuse escorte d'Isabel s'éclairait avec une lanterne. Je n'avais aucun mal à les suivre de loin, les années m'ayant si bien familiarisée avec ce chemin que je pouvais le parcourir les yeux fermés.

« Lorsque j'entrai dans la chapelle, je les vis disparaître derrière le maître-autel, celui de la Vierge. J'attendis un petit moment de les voir ressortir, parce que je savais qu'il n'y avait pas de porte derrière l'autel ; constatant qu'ils n'en faisaient rien, j'avançai prudemment et dus me convaincre qu'ils avaient disparu. Je n'eus pas à fournir un gros effort pour en déduire qu'ils avaient emprunté un passage secret et je me mis à sa recherche, en essayant de dominer la peur superstitieuse qui peu à peu s'emparait de moi. A la faible lumière de la lune qui filtrait à travers les vitraux et après plusieurs minutes d'intense recherche, je m'aperçus que quatre dalles de l'abside, à en juger par leurs inscriptions latines et les têtes de mort qu'on y avait gravées, devaient contenir les ultimes dépouilles du même nombre de bienheureux. Curieusement, l'une des pierres ne présentait aucune trace de poussière à ses jointures ni de rouille sur le pesant anneau qui s'enfonçait juste entre le menton souriant de la tête de mort et l'inscription HIC JACET V. H. H. HAEC OLIM MEMINISSE JUBAVIT. Prenant mon courage à deux mains, je saisis l'anneau et tirai dessus de toutes mes forces. La pierre céda et, après plusieurs tentatives, sortit de son cadre. Je me trouvai face à de noirs degrés de pierre que je descendis en tremblant. Au pied de l'escalier partait un ténébreux passage, que je parcourus à tâtons jusqu'à ce qu'une ouverture latérale m'indiquât qu'un autre couloir croisait le premier. Je ne savais quel chemin prendre, et je suivis l'intersection, pensant que je pourrais toujours revenir au premier passage. Un instant plus tard, je constatai qu'un troisième couloir croisait le second et le sang gela dans mes veines quand je compris que je me trouvais dans un labyrinthe, seule, dans l'obscurité, où je péririais si je ne regagnais pas rapidement la sortie. La peur dut m'étourdir car, en voulant revenir sur mes pas pour retrouver l'escalier qui menait à la fausse tombe, je pris une direction erronée. Les bifurcations se succédaient et cet escalier de malheur n'apparaissait toujours pas. Je maudissais ma témérité et de moi s'emparaient les présages les plus lugubres. Je suppose que je me mis à pleurer. Au bout d'un moment, je recommençai à marcher dans l'espoir que le hasard me remettrait sur le bon chemin. Naturellement, j'avais perdu toute notion du temps et de la distance parcourue.

– Il ne te vint pas à l'idée d'appeler à l'aide ? demandai-je.

– Si, bien sûr. Je criai de toute mon âme, mais les murs étaient épais et seul un écho moqueur me répondait. Je marchai, je marchai désespérément, jusqu'à ce que, à bout de forces, je remarque une vague lueur au fond du passage dans lequel je me trouvais. Le vent hululait, une fragrance douceâtre comme celle de l'encens et des fleurs fanées imprégnait l'air, qui me parut lourd. J'avais parcouru avec une extrême lenteur une bonne partie de la distance qui me séparait de la lueur quand, devant moi, surgit une figure spectrale qui me sembla gigantesque. J'avais accumulé déjà trop d'émotions, je m'évanouis. Puis je crus reprendre connaissance mais ce ne devait pas être vrai, car je me retrouvai face à une mouche, monstrueuse, qui mesurait peut-être deux mètres de hauteur, qui était grosse en proportion, qui me regardait avec des yeux horribles et semblait vouloir connecter sa trompe répugnante à mon cou. Je voulus crier, je ne pus articuler aucun son. Je m'évanouis une nouvelle fois. Et repris une nouvelle fois conscience dans un endroit voûté, faiblement éclairé par la lumière verdâtre déjà décrite. Je sentis la caresse d'une main sur mes joues et le chatouillement de poils sur mon front. Je tentai à nouveau de crier, pensant que c'était la mouche qui me touchait, ainsi, de ses pattes immondes. Mais subitement je compris que c'était Isabel, Isabel en train de me caresser, et que ce qui frôlait mes tempes était sa chevelure blonde. Avant que j'aie pu réclamer une explication, Isabel, de la paume de sa main, me couvrit la bouche, et murmura à mon oreille : "Je savais que je pouvais compter sur ton affection. Tant de courage et de loyauté ne demeureront pas sans récompense."

« Là-dessus, éloignant sa main de ma bouche, elle posa sur celle-ci ses lèvres brûlantes et humides, en même temps que son corps, qui paraissait flotter dans l'air, se renversait sur le mien au point de me laisser sentir, au travers de la fine chemise de toile qui le recouvrait, les battements désordonnés de son cœur et la chaleur ardente qu'irradiaient ses formes adorables. Pourquoi dissimuler le plaisir sauvage qui m'envahit ? Nous nous fondîmes en un embrassement fébrile qui dura jusqu'à ce que mes doigts tremblants, ma bouche assoiffée de plaisir...

– Un moment, un moment, dis-je, un tant soit peu surpris par le tour inespéré que prenait la narration, ce n'était pas au programme.

– Allons, allons, chéri (elle eut un geste d'impatience, comme si mon intervention lui paraissait déplacée), montre que tu as l'esprit large. Il y a peut-être eu, entre Isabel et moi, quelque chose de plus qu'une simple camaraderie de classe. A cet âge et dans un internat, les tendances saphiques, ce n'est pas rare. Si tu as vu Isabel, tu dois savoir ce qu'est son physique : celui que l'imagerie populaire prête aux archanges. Quoique, peut-être, elle l'ait perdu, moi je ne l'ai plus jamais revue. A l'époque, en tout cas, c'était un bonbon.

Déjà anachronique en notre ère de sexualité démythifiée, l'épithète me fit sourire. Elle interpréta mal mon expression.

« Ne va pas croire que je suis une lesbienne coincée, protesta-t-elle. Si je l'étais, je le dirais. Tout ce que je te raconte s'est passé voilà de nombreuses années. Nous étions des adolescentes qui papillonnaient à la lumière ambiguë de l'aube érotique. Mon penchant actuel pour les hommes est au-dessus de tout soupçon. Tu n'as qu'à te renseigner au village.

– Bien, bien, fis-je. Continue s'il te plaît.

– Comme je te disais, je me livrais à ce passe-temps agréable, lorsque je remarquai que mes doigts étaient tachés de sang, qui provenait du corps d'Isabel. Je demandai d'où lui venait tout ce sang et elle, sans me répondre, me saisit par la main et m'obligea à me redresser, ce qui me coûta un sérieux effort. Une fois debout, elle me conduisit jusqu'à une table au fond de la crypte, sur laquelle gisait un jeune homme, fort bien fait, chaussé des mêmes Wambas que j'avais vues dans l'obscurité des toilettes et, de toute évidence, mort, puisqu'il était immobile et qu'une dague saillait de sa poitrine à hauteur du cœur. Horrifiée, je me retournai vers Isabel et lui demandai ce qui s'était passé. Elle haussa les épaules : "Est-ce qu'on va se fâcher pour une bricole alors que nous étions si bien ? J'ai dû le faire. Pourquoi ? Il a voulu aller trop loin ? demandai-je. Mais non, répondit-elle avec cette moue d'enfant gâté qu'elle adoptait toujours quand on la réprimandait, c'est parce que je suis la reine des abeilles." En quoi elle ne manquait pas d'avoir raison, au moins du point de vue symbolique puisque à vrai dire il n'est pas démontré scientifiquement que les abeilles dégomment les bourdons après la fécondation. C'est certain dans le cas de la *mantis religiosa* et de quelques espèces d'hyménoptères méso-américains dont les femelles sécrètent par le palpe une substance...

Je me vis une fois de plus dans l'obligation d'interrompre la digression de Mercédès Negrer, qui connaissait apparemment un peu de tout. Je la priai de poursuivre son récit des événements de la crypte après la découverte de la viande froide.

« Je ne savais que faire. Ma confusion était extrême. Isabel ne paraissait pas en état de me prêter la moindre assistance. Je me rendais compte que je devais faire quelque chose pour sortir mon amie de ce bourbier, parce qu'il eût été idiot que quelqu'un nous découvrît et qu'elle aille passer la fin de ses jours en prison. Je calculais que le jour devait être en train de se lever sur le monde extérieur et qu'il ne nous restait pas suffisamment de temps pour regagner le dortoir. Le cadavre ne me préoccupait pas particulièrement d'un point de vue pratique, parce qu'il était peu probable que les nonnes découvrissent le passage qui menait à la crypte et que, même si une telle éventualité se produisait, elles n'auraient pas les moyens d'associer l'assassinat à Isabel, si nous réussissions à atteindre le dortoir avant la sonnerie du réveil. Le problème essentiel était donc le retour au dortoir, à travers un labyrinthe dont le plan m'était inconnu.

« Tandis que j'étais absorbée dans ces conjectures, j'entendis un bruit sec derrière moi, comme celui de quelque chose qui se brise. Je me retournai juste à temps pour retenir Isabel qui s'écroulait, pâle comme la cire. "Qu'as-tu ? demandai-je angoissée. Quel est ce bruit ? – On vient de briser mon pauvre petit cœur de cristal." Elle était inerte dans mes bras. Le vent hululait dans la crypte, je sentis mes forces faiblir. Un ronflement étouffé m'avertit du retour de la mouche. J'essayai de protéger Isabel. Nous tombâmes sur le sol. Je perdis connaissance.

« Je fus réveillée par la sonnerie du dortoir. J'étais dans mon lit, une fille de troisième, qui faisait toujours du zèle, me secouait en disant : “Dépêche-toi ou tu arriveras en retard à l’inspection. Combien de réprimandes as-tu eues ce mois-ci ? Deux”, répondis-je mécaniquement. (Trois réprimandes constituaient une faute ; trois fautes entraînaient un avertissement ; deux avertissements, un blâme ; trois blâmes, un zéro de conduite.) “Moi aucune”, s’enorgueillit l’idiote. Un trimestre sans réprimande donnait droit à la guirlande de l’application au travail ; deux guirlandes en cours d’année, au grand cordon de Saint-Joseph ; trois cordons, à l’arrivée au baccalauréat, au titre de... Mais peut-être que ces détails ne sont pas pertinents à l’histoire.

« Quoi qu’il en soit, je crus sortir d’un horrible cauchemar. Ma première impulsion fut de regarder le lit d’Isabel. Il était défait et vide. Je crus qu’elle avait de l’avance et qu’elle était déjà dans les toilettes. Il n’en était rien. Son absence fut découverte à l’inspection. On nous harcela de questions, je gardai le silence. Puis un certain Flores, de la Brigade Mondaine, arriva dans le courant de la matinée.

– Encore lui, dis-je sans pouvoir me retenir.

– Il nous interrogea sans trop de conviction et s’en fut, continua Mercédès qui, comme toutes les têtes trop pleines, n’écoutait jamais les observations. Moi, je ne soufflai mot. Exténuée, je dormis profondément cette nuit-là bien que les cauchemars m’aient interdit un sommeil réparateur. Je fus éveillée par la sonnerie du matin et crus perdre la raison en constatant qu’Isabel s’étirait dans le lit contigu. Le chahut m’empêcha d’échanger fût-ce quelques mots avec elle, mais ni de sa conduite ni de son expression je ne pus déduire une quelconque altération de sa manière d’être, qui avait retrouvé toute la froideur et l’insipidité qui la caractérisaient. Je recommençai à penser que tout n’avait été qu’un mauvais rêve, et j’en étais même presque convaincue, quand je fus convoquée chez la mère supérieure par l’entremise de la surveillante. J’arrivai plus morte que vive et constatai en entrant que se trouvaient là, outre la supérieure, mes parents, l’inspecteur Flores et M. Peraplana, le père d’Isabel Ma mère pleurait à chaudes larmes et mon père avait les yeux fixés sur ses souliers, comme écrasé par une honte sans limites. Ils me firent asseoir, fermèrent la porte, et l'inspecteur prit la parole : "Il s'est produit avant-hier soir dans cette institution qui, par le simple fait d'en être une, mérite tout le respect, un événement auquel notre Code pénal réserve un nom contondant, le même, soit dit en passant, que le dictionnaire de l'Académie royale lui octroie. Moi qui réprouve la violence, raison pour laquelle j'ai embrassé la carrière de policier, je suis si profondément attristé que je ferais mes valises et m'en irais travailler en Allemagne, si je n'avais pas besoin de percevoir ma maigre solde. Tu sais à quoi je fais référence, petite ?"

« Je ne sus que répondre et me mis à pleurer. La mère supérieure égrenait les perles de son rosaire les yeux fermés, mon père tapotait l'épaule de ma mère en tentant vainement de la consoler. L'inspecteur sortit de la poche de sa gabardine un paquet qu'il déballa avec prosopopée, et en tira la dague ensanglantée que j'avais vue saillir du corps du défunt dans la crypte. Il me demanda si j'avais déjà vu l'arme homicide. Je dis que oui. Où ça ? Sortant de la poitrine d'un monsieur. Des profondeurs de la gabardine sortirent ensuite deux vieilles Wambas. Je les reconnaissais ? Oui. On m'ordonna de vider les poches de mon uniforme et j'en extirpai, à ma grande surprise et entre autres choses telles qu'un taille-crayon, un mouchoir plutôt sale, deux élastiques de pots de yoghourt pour mes tresses et un aide-mémoire des œuvres de Lope de Vega, un duplicata de la clé du dortoir. Je compris qu'on voulait m'inculper de l'assassinat commis par Isabel et que l'unique échappatoire qui s'offrait à moi était de dire la vérité et de lui mettre, à proprement parler, le mort sur les bras. Il est clair que mes sentiments interdisaient que l'action suive pareil cours. D'autant que la révélation de la vérité aurait également impliqué celle des circonstances dans lesquelles je l'avais découverte. Rien de ce qui s'était passé cette nuit-là ne devait transpirer, c'était clair, sous peine de ruiner la vie d'Isabel et la mienne. Mais pousserais-je l'abnégation au point d'accepter de finir mes jours dans une chambre à gaz ?

– La chambre à gaz, ça n'existe pas en Espagne, notai-je. A dire vrai, nous n'avons même pas le gaz en banlieue.

– Veux-tu bien ne pas m'interrompre ? trancha Mercédès visiblement irritée par ce qu'elle considérait comme une incongruité au milieu du drame qu'elle mettait en scène.

« "Le châtiment que notre législation prescrit pour ce type d'actes est le plus sévère qu'on puisse imaginer, reprit l'inspecteur. Cependant... Cependant, si l'on considère ton jeune âge, l'état d'âme altéré qui frappe les femmes à des périodes déterminées de leur vie et l'intercession de cette bonne mère (il désigna la supérieure du pouce, sans démonstration excessive de respect), je suis tout disposé à ne pas procéder selon les règles que m'impose ma condition de serviteur du peuple. Je veux dire, en termes légaux, qu'il n'y aura pas de procès-verbal ni d'instruction. Nous éviterons une affaire dont les pièces à conviction, les témoignages, les plaidoiries, les conclusions provisionnelles et définitives, la sentence et les recours devraient nécessairement être pénibles et un tantinet salaces. En échange de quoi, il faudra naturellement prendre certaines mesures au sujet desquelles tes parents, ici présents, ont déjà donné leur assentiment. Des dispositions adoptées à cet effet, tu dois remercier M. Peraplana, également présent : il a accepté d'apporter son aide, compte tenu de l'affection que sa fille professe envers toi et qu'il estime réciproque. *Idem* pour d'autres raisons qu'il n'a pas tenu à exposer et qui ne semblent pas devoir mériter mon attention."

« Les dispositions auxquelles faisait allusion l'inspecteur n'étaient autres que mon exil. Je l'acceptai de bon gré, vu l'alternative. C'est ainsi que j'ai atterri dans ce village et que m'y voici. J'ai d'abord passé trois ans dans la maison d'un vieux couple, à lire et à grossir. La centrale laitière leur versait un fixe chaque mois pour mon entretien. Après avoir beaucoup lutté, j'ai réussi à conquérir mon indépendance. Je me suis nommée institutrice du village, en profitant de la vacance du poste que personne ne voulait occuper, et pour cause. J'ai loué cette maison. Je ne vis pas mal. Mes souvenirs ont peu à peu perdu de leur netteté. Parfois, je désirerais un autre destin, mais la mélancolie passe vite. L'air est sain et j'ai beaucoup de temps libre. Quant à mes autres besoins, comme je te l'ai dit hier, je fais ce que je peux : parfois ce n'est pas beaucoup, et parfois c'est assez.

Mercédès se tut et le silence qui suivit ne fut interrompu que par le chant d'un coq qui annonçait le jour nouveau. Je constatai, au toucher, que l'humidité des draps s'était évaporée. J'avais soif, sommeil, et un véritable fouillis dans la tête. J'aurais donné n'importe quoi pour un Pepsi-Cola.

« A quoi penses-tu ? demanda-t-elle d'une voix étrange.

– A rien, répondis-je bêtement. Et toi ?

– A la bizarrerie de la vie. Voilà six ans que je garde ce secret et je viens de tout raconter à un rufian malodorant dont je ne sais même pas le nom.

12

Interlude intimiste : ce que je pensais de l'affaire

– Comme c'est étrange ! commençai-je. La mémoire est le survivant ultime après le naufrage de notre existence, le passé exsude des stalactites dans le vide de notre exécutoire, le rempart de nos certitudes s'écroule sous la brise légère de nos nostalgies. Je suis né à une époque que je juge triste *a posteriori*. Mais je ne vais pas faire un cours d'histoire : il est possible que toute enfance soit amène. L'égrènement des heures était mon laconique compagnon de jeux et chaque nuit apportait, toute prête, une triste séparation. Je me souviens que je jetais avec joie le temps par-dessus bord dans l'espoir que le globe prendrait son vol et m'entraînerait vers un futur meilleur. Désir fou, car nous serons toujours ce que déjà nous fûmes.

« Mon père était un homme bon et industrieux, qui entretenait sa famille en fabriquant des bacs à lavements avec des vieilles boîtes d'un combustible alors très en vogue à cause de l'utilisation généralisée d'un substitut dénommé Petromax, aujourd'hui avantageusement supplanté par l'abondance d'énergie électrique. Quelques laboratoires pharmaceutiques suisses, implantés en Espagne sous le couvert du plan de stabilisation, mirent son entreprise sur les genoux. Papa était un homme à chance variable : sorti mutilé de la croisade fratricide de 36-39, ancien combattant et ancien prisonnier des deux camps, cette situation lui avait valu des déboires bureaucratiques mais aucune récompense ni aucun châtiment. Il repoussa obstinément les rares opportunités que lui présenta la fortune et accepta aveuglément tous les mirages que le diable eut le soin de placer sous son nez. Nous ne fûmes jamais riches, et les maigres économies que nous aurions pu amasser, papa les perdait aux courses de morpions, qui se tenaient chaque samedi soir à la taverne du quartier. A notre égard, il faisait montre d'un détachement possessif. Ses démonstrations de tendresse étaient si subtiles que de nombreuses années passèrent avant que nous sachions les interpréter comme telles. Ses démonstrations de fureur, en revanche, étaient sans équivoque, elles n'eurent jamais besoin d'exégèse.

« Avec maman, tout était différent. Elle professait à notre égard un authentique amour de mère, absolu et donc destructif. Elle crut toujours que je serais quelqu'un; elle fut toujours consciente que je ne valais rien; elle me fit comprendre dès le début qu'elle me pardonnait à l'avance une trahison dont, tôt ou tard, elle ne manquerait pas d'être victime. Suite au scandale des enfants estropiés et du congrès eucharistique – dont je suppose que tu ne te souviens pas, tu étais trop jeune, si même tu étais née – elle échoua à la prison des femmes de Montjuich. Mon père émit l'avis que tout ceci était une machination montée dans le seul but de lui faire – à lui – du tort. Ma sœur et moi rendions visite à maman tous les dimanches, au parloir; nous lui portions en catimini la morphine sans laquelle elle n'aurait pas pu supporter allègrement sa réclusion. Ç'avait été, maman, une personne très active puisqu'elle avait travaillé de nombreuses années comme femme de ménage, nomenclature donnée par le vulgaire au service domestique surnuméraire. Il est vrai que ses places ne furent jamais stables du fait de son incontrôlable entrain à voler dans les maisons les objets les plus visibles, tels que pendules murales, fauteuils et même, une fois, un enfant. Malgré tout elle n'avait pas de peine à trouver des foyers où se présenter car l'offre était alors et, d'après ce que j'entends dire, est encore largement supérieure à la demande, les fainéants étant disposés à tolérer n'importe quoi pour avoir à se charger eux-mêmes de peu.

« De l'absence de maman et de l'abandon de papa, il résulta que, tant ma sœur que moi, nous dûmes nous débrouiller dès notre jeune âge. Ma sœur, la pauvre, ne fut jamais très dégourdie et ce fut donc à moi de m'occuper d'elle ; de lui apprendre à gagner un peu d'argent en lui procurant ses premiers clients, bien qu'à l'époque elle eût déjà neuf ans sonnés et moi seulement quatre. Las des persécutions dont j'étais l'objet de la part du tribunal de tutelle, ayant contracté une maladie vénérienne et désirant ne pas gaspiller les talents que, dans ma naïveté, je croyais posséder, je résolus, à onze ans, d'entrer au séminaire de Veruela.

Un sifflement lointain interrompit ma péroraison et me fit revenir à la réalité.

« Qu'est-ce qui a sifflé ? Un train ? demandai-je.

– De marchandises, répondit Mercédès. Pourquoi ?

– Il faut que je m'en aille. Il n'est rien que je désirerais avec autant de ferveur que d'avoir l'occasion de poursuivre cette causerie, repris-je (en mettant dans mes paroles cette sincérité particulière qui lestait mes assertions à l'époque où je jurais aux éventuels clients de ma sœur que j'avais pour eux une meringue aux griottes), mais il me faut partir. J'ai, grâce à ton aide, la solution de l'affaire qui m'a amené ici. Il ne me manque que quelques données complémentaires, et la preuve de la justesse de mes soupçons. Si tout va bien, j'aurai ce soir démontré ton innocence et tu pourras dans quelques jours être dame d'honneur au mariage d'Isabel. Bien entendu, les coupables de toute cette machination seront là où ils le méritent, bien que je ne sache pas au juste où c'est. Me prêtes-tu foi ?

J'espérais qu'elle prononcerait un oui véhément, mais elle garda un silence renfrogné.

« Qu'as-tu ? voulus-je savoir.

– Tu ne m'avais pas dit qu'Isabel se mariait.

– Je ne t'ai pas dit des tas de choses, mais demain, je

serai de retour et rien ne pourra plus nous interrompre dès lors.

Je présumai que, si elle ne disait rien, c'était à cause de cette pudeur naturelle qui sert de contrepoids aux émotions intenses, et le cœur gonflé d'espoir, je dévalai en bondissant le chemin de la gare, où je réussis l'abordage du dernier wagon d'un train de marchandises délabré dont la locomotive se perdait déjà dans le thalweg des montagnes qui entouraient le village et dont le vert intense aux premières lueurs du jour faisait inévitablement venir à la pensée cette pierre précieuse dont je confonds toujours le nom avec celui d'une marque de lessive.

Le wagon était chargé de poisson frais, et son parfum salin me fit rêver d'horizons plus heureux, avec une vie de plénitude partagée. Plongé dans le délire irrationnel qui accompagne ce type d'euphories, je voyais des signes prémonitoires dans les incidents les plus insignifiants : le ciel pur, une douce brise, les yeux des poissons, le nom même de Mercédès, à la fois patronne de Barcelone et épitomé de l'industrie automobile teutonne. En même temps, je résistais à la cristallisation de ces chimères sous des formes trop repérées, parce que je craignais qu'une fois son nom réhabilité elle ne voulût plus rien savoir de moi. Trop de différences nous séparaient. J'envisageai même la possibilité de renoncer à mes recherches, car je me disais que, tant qu'elle resterait condamnée à l'exil, et que son secret demeurerait en mon pouvoir, je la tiendrais, elle, pour ainsi dire, entre mes mains. Mais je l'ai déjà révélé dans ce récit, je suis un homme nouveau. Je n'ai donc pas tardé à repousser la tentation, non sans nourrir l'espoir que la vertu se verrait pour une fois récompensée en ce monde et non dans l'autre, pour lequel je ne ressens ni attachement ni inclination.

Le train s'éternisait. Le soleil étant déjà haut, le wagon se transforma en fournaise et le poisson commença à puer de façon gênante. Je jetai peu à peu sur la voie les sujets qui me paraissaient les plus susceptibles de corruption, mais quand j'eus vidé le wagon je vérifiai avec découragement que la puanteur persistait, et que mes vêtements, mieux que tout mon être, en portaient maintenant témoignage. Je m'armai de patience et me réfugiai dans un coin, consacrant le reste du voyage à tirer des plans, échafauder des projets, résoudre des énigmes et démasquer les pièges dont la femme pour laquelle battait mon cœur avait été, à mon avis, la victime inconsciente. Naturellement, cette occupation ne m'empêcha pas de contempler l'avenir avec un certain découragement.

Même si je résolvais vite et bien l'affaire de la fillette disparue et même si je faisais éclater l'innocence de Mercédès, la mort du Suédois, que la police s'appliquait à m'imputer, resterait toujours en suspens. A supposer hypothétiquement que ce mystère puisse être percé, je me disais : que vas-tu devenir ? Mes antécédents, tant délictueux qu'hospitaliers, et ma totale carence de profession, de connaissances et d'aptitudes ne me seraient d'aucun secours pour trouver un emploi bien rémunéré sur les bases duquel fonder un foyer. A ce qu'on m'avait raconté, les loyers avaient grimpé jusqu'aux nuages, et le panier de la ménagère était une véritable fusée. Que faire ? La brume troubla ma rêverie.

Midi était passé quand le train fit son entrée dans la gare de Barcelone. Je sautai du wagon et me dissimulai entre les roues du Talgo, cachette que j'abandonnai en courant quand un sifflet impératif, comme il convient à un convoi de cette catégorie, me signala que le train était sur le point de partir. Une fois dans la rue, je courus vers le lieu où tout enquêteur, tôt ou tard, doit atterrir : le registre public des propriétés, sis à un étage tranquille et ensoleillé de la rue Deputacion. J'arrivai peu de minutes avant la fermeture. Un prétexte hâtivement ourdi fit qu'on m'autorisa à liquider les démarches urgentes que j'avais improvisées. Le fumet de poisson, se stratifiant par-dessus mes autres effluves, chassa les badauds somnolents qui traînaient encore dans la place, ainsi que les petits jeunes gens ambitieux qui persistaient à rechercher des terrains vagues sur lesquels spéculer. Je pus me livrer à mon aise à toutes sortes d'explorations cadastrales et découvris au bout d'un temps ce que je recherchais et qui confirma mes soupçons : la propriété où se trouvait maintenant le collège des mères lazaristes avait appartenu, entre 1958 et 1971, à don Manuel Peraplana, lequel l'avait vendue aux religieuses pour une somme exorbitante après l'avoir achetée, en 1958, pour une fraction minime de sa valeur à un certain Vicenzo Hermafrodito Halfmann, de nationalité panaméenne, antiquaire de profession, résidant à Barcelone depuis 1917 et qui, cette année-là, avait lui-même acquis le terrain, vague à l'époque, où il avait fait édifier la maison.

Je ne doutais pas que le Panaméen eût fait construire en même temps un autre bâtiment dans une propriété limitrophe ou, au moins, proche, et eût mis les deux immeubles en communication, allez savoir pourquoi, par l'intermédiaire d'un passage secret qui partait du faux tombeau de l'abside de la chapelle. Peraplana avait probablement découvert le passage et l'avait utilisé à de perverses fins. Et maintenant ? Pourquoi Peraplana avait-il vendu la demeure aux nonnes, s'il se servait encore du passage en 1971 ? Et où conduisait ledit passage ? Je tentai d'apprendre quels autres immeubles appartenaient à Peraplana ou au Halfmann sus-cité, mais le classement du registre par propriété, et non par propriétaire, n'en portait pas témoignage. Il me fallait parler directement avec Peraplana. Je me dirigeai donc vers sa résidence, pleinement conscient des dangers qu'une telle initiative impliquait.

13

Un accident aussi lamentable qu'imprévu

Quand j'arrivai à la porte de la villa, m'y attendait un contretemps sur lequel je ne comptais pas : une petite multitude, vaille le paradoxe, s'entassait dans l'expectative devant la haie. Je reconnus dans l'assemblée les petites bonnes auxquelles j'avais fait du charme la veille et j'en déduisis que le mariage, dont j'avais supposé que la célébration aurait lieu quelques jours plus tard, était sur le point de commencer : plus tôt que prévu, peut-être ? Je me procurai dans un kiosque proche une revue derrière laquelle je dissimulai mon visage, et je me faufilai parmi les assistants en me creusant la cervelle : comment m'introduire dans la voiture nuptiale qui allait transporter la contractante et son père – si du moins ma notion du cérémonial prescrit pour de telles solennités ne m'induisait pas en erreur ? La chose me paraissait à la fois quasi irréalisable et nécessaire pour empêcher les jeunes mariés de partir en lune de miel vers Majorque ou tout autre de ces endroits où se rendent les riches en de telles occasions, ce qui aurait compliqué sinon conclu mes courageuses démarches.

L'attente se prolongeant, j'eus le temps de feuilleter la revue, dont je tirai un enseignement : par les temps qui courent, les jeunes consacrent le plus clair de leur temps à écrire sur la politique, l'art et la société, pendant que les vieux se défoulent en batifolant dans le toril de la salacerie. Une compatriote d'Ilsa nommée Birgitta et dotée de seins quelque peu avachis malgré sa jeune floraison se tripotait « en s'initiant aux mystères orphiques de ses courbes toutes fraîches ». Un mouvement de foule m'empêcha de lire ce qui, manifestement, n'était que les rêveries d'un vieux cochon en manque. Je passai les yeux et la partie correspondante de ma tête au-dessus de la revue et vis que la villa Peraplana s'ouvrait pour laisser sortir deux policiers en uniformes gris. J'eus brusquement très peur, mais compris vite que ce n'était pas ma présence qui motivait la leur, car ils montaient la garde sur le perron comme pour attendre la sortie d'un cortège. J'en déduisis qu'une quelconque autorité locale était présente à la cérémonie et j'allais crier « vive la mariée ! » quand je remarquai derrière les policiers des brancardiers portant un corps sur un lit roulant, un lit à roues de bicyclette, tandis qu'une infirmière soutenait une bouteille pleine d'une substance grenat reliée par un petit tube au lit. Un médecin en blouse d'hôpital et plusieurs autres personnes venaient ensuite. L'une d'entre elles était probablement Peraplana mais, comme je ne l'avais jamais vu, je ne peux pas l'affirmer. Il ne s'agissait manifestement pas d'une noce, même compte tenu de ce que la liturgie a été bouleversée à l'issue du dernier concile. Et le fait que des femmes affligées, tamponnant leurs larmes avec des mouchoirs de percale blanche, soient apparues aux fenêtres de l'étage supérieur contribua définitivement à dissiper mon doute. Un murmure s'éleva de la foule et les policiers ouvrirent le passage pour que la civière parvînt à une ambulance. Je demandai ce qui s'était passé à un individu qui se dressait sur la pointe des pieds à côté de moi pour ne pas perdre une miette du spectacle.

– Un malheur ! répondit-il. La fille de la maison s'est suicidée ce matin. La pauvre ! Elle qui était sur le point de se marier. Nous sommes tous des morts en sursis, mon ami.

Il paraissait loquace ; je décidai de poursuivre mes questions.

– Comment savez-vous qu'il s'agit d'un suicide ? Le cancer ne respecte aucun âge !

– J'ai jeté mon froc aux orties pour me marier, après dix ans de sacerdoce, répondit l'inconnu. Vous pouvez imaginer s'il y a rien que je ne sache, entre ce que j'ai entendu au confessionnal et ce que j'ai appris depuis.

Sa boutade le fit rire aux éclats. Je l'imitai pour qu'il ne se sente pas ridicule. Il me posa une main trempée de sueur sur l'épaule, tandis que, de l'autre, il frottait ses yeux embués.

« Cela dit, je ne tiens pas à ce que vous me preniez pour un thaumaturge ou une voyante. Le livreur de la boucherie Bou, qui, curieusement, s'appelle pareil, mais avec un double v, Wou, je ne sais pas d'où peut venir ce garçon, m'a raconté ce qui s'est passé. Il était à l'intérieur de la maison quand la chose a éclaté. Il livrait de la viande. Ces choses vous intéressent ?

La nouvelle m'avait affecté, je lui en fis part.

« La vie, enchaîna-t-il, est une feuille à la merci du vent. *Carpe diem*, déclaraient les Romains. Vous aimez les femmes ? Non, ne croyez pas que je suis curieux. Je vous ai vu feuilleter une revue nudiste. Ces histoires de déshabillage, c'est un truc commercial pour faire de l'argent sur le dos de nos frustrations, croyez-moi. Je n'ai rien contre les plaisirs de la chair, mais j'en abhorre les succédanés. Des femmes en chair et en os et du vrai café, comme nous disions dans ma jeunesse. Je ne veux pas paraître plus sage que je suis. Je ne suis pas exempt de faiblesses. Chaque fois que je lis une de ces revues, je me trafique. Ça ne me gêne pas de le dire aux quatre vents : nous sommes tous faits de la même pâte, vous ne trouvez pas ?

Je n'écoutais plus les jacasseries de ce bavard. Me remémorant la pauvre petite Isabel que j'avais contemplée, pas sans admiration, quelques heures plus tôt, je ne pus contenir deux grosses larmes et un reniflement : mince hommage de la fugacité de nos rêves et du caractère éphémère de toute humaine beauté. Mais ce n'était pas le moment propice pour philosopher, une autre idée venant de prendre corps dans mon cerveau. Je me mis à scruter les personnes présentes, à l'affût de certain visage connu. Ma stature n'étant pas démesurée, je dus faire des sauts impropres à l'événement qui se déroulait sous nos yeux, jusqu'à ce qu'enfin je tombe sur l'objet que je poursuivais : une femme qui, en l'occurrence, cachait son visage sous une énorme capeline noire, derrière des lunettes de soleil et un épais maquillage multicolore qui défigurait la pureté de ses traits. Cette vaine tentative de dissimulation me convainquit une fois de plus de la disparité des critères qui, selon moi, existe, pour ce qui touche à la beauté, entre les hommes et les femmes, celles-ci croyant que leur charme réside dans leurs yeux, leurs lèvres, leurs cheveux et autres attributs situés au nord du gosier, alors que le genre masculin, pour l'appeler ainsi, bien qu'on y soit enclin à diverses déviations électives, centre son intérêt sur d'autres parties de leur anatomie et professe un dédain absolu pour celles que je viens de mentionner. Ainsi, quoique Mercédès Negrer eût fait de son mieux pour passer inaperçue, un simple coup d'œil sur sa proue incendiaire m'aurait suffi pour l'identifier, quand bien même il y aurait eu plusieurs lieues entre nous.

Une fois que je l'eus repérée, je m'ouvris un chemin à coups de tête pour la rejoindre. Elle fit mine de fuir en me voyant arriver, mais sans y réussir, ses poussées de l'avant n'incitant pas ceux qu'elle bousculait à s'écarter. Moyennant quoi, je l'attrapai bientôt solidement par le bras, l'extirpai de la foule en la tirant contre sa volonté et l'entraînai d'un pas vif à l'écart.

– Qu'as-tu fait, malheureuse ?

Elle éclata en sanglots, convertissant en bouillie tous les fards qu'elle s'était appliqués sur la peau. Je redoublai de questions :

« Comment as-tu pu arriver avant moi ?

– J'ai une voiture, réussit-elle à articuler entre deux hoquets et deux râles.

J'avais écarté cette possibilité, sachant quels maigres salaires perçoivent nos instituteurs publics ; je n'avais pas compté avec la munificence de la centrale laitière qui lui permettait de consacrer au superflu la totalité de ses gains d'enseignante.

– Pourquoi as-tu fait cela ? insistai-je.

– Je ne sais pas. Je ne trouve pas d'explication logique à ce qui m'est arrivé. Quand tu es parti ce matin, j'étais calme. Je me suis préparé un petit déjeuner diététique et, soudain, comme si un fauve embusqué m'avait sauté dessus, toutes ces années de frustration et de rancœur m'ont assaillie. C'était peut-être le ressentiment devant une vie sacrifiée à ce que j'avais bêtement cru une noble cause. C'était peut-être d'apprendre qu'Isabel allait se marier... Je veux mourir. J'ai peur. Qu'est-ce qui va m'arriver maintenant ? Après tant d'années gâchées...

– Mais que s'est-il passé exactement ?

– J'ai pris la voiture et je suis venue ici à fond de train. J'ai appelé Isabel depuis la cabine que tu vois là. En m'entendant, elle a eu la surprise de sa vie, elle croyait que je faisais des études à l'étranger, l'écervelée. Je lui ai annoncé que j'avais quelque chose d'important à lui dire, et nous avons combiné de nous voir dans un bar du coin. J'étais persuadée que sa présence calmerait ma passion ; elle n'a servi qu'à l'attiser. Je l'ai couverte des pires insultes sans la laisser parler ; elle n'aurait dit que des sottises. Je lui ai déclaré que je l'avais toujours trouvée idiote, égoïste, mesquine et fausse. Elle ne savait pas de quoi je parlais et m'a prise pour une dingue. Je lui ai raconté alors ce qui s'était passé dans la crypte de l'internat, il y a six ans, et lui ai révélé que ses mains étaient trempées du sang d'un homme, celui peut-être de son amant. Je l'ai menacée de rendre public cet incident scabreux si elle ne rompait pas ses fiançailles immédiatement. Je prétendais simplement donner un peu d'air à ma révolte, me venger psychologiquement. Mais Isabel, qui n'avait sans doute pas lu Freud, a pris mes paroles au sérieux. Il est également possible que mon récit ait fait affleurer à sa mémoire des souvenirs enfouis dans son subconscient. La pauvre n'a jamais eu assez de caractère pour faire face aux côtés sales de la vie. Devant la situation, ses défenses ont cédé, et elle s'est suicidée en rentrant chez elle.

– Qu'en sais-tu ?

– J'ai traîné dans les parages après notre entrevue, non sans quelques remords. Je l'ai aperçue qui rentrait chez elle très abattue. Il y a eu une agitation terrible tout de suite après. Le médecin est arrivé. Le majordome qui l'a accueilli avait l'air consterné. Cachée derrière la haie, j'ai entendu distinctement les mots "suicide" et "poison".

– D'où sors-tu ce maquillage et cet accoutrement biscornu ? demandai-je, plus pour la distraire de son affliction que par curiosité.

– Je les avais à la maison. Je me déguise parfois et je pose seule devant la glace de ma chambre. Je suis terriblement refoulée. Je n'ai jamais couché avec un mec. Les hommes, ça me fait peur. Quand je les provoque, ce n'est qu'un numéro pour dissimuler ma pusillanimité. Je sais que tout cela est honteux !

– Bien, bien, fis-je sur un ton paternel. Nous en parlerons une autre fois. Pour l'instant, nous avons bien d'autres choses à élucider. Tu vas faire ce que je vais te dire et, comme je te l'ai promis, demain nous aurons résolu le mystère.

– Que m'importe, à moi, que le mystère soit résolu ?

– A toi, je ne sais pas. A moi, beaucoup. Ma sœur est en prison et ma liberté est en jeu ; mon cou peut-être. Je ne vais pas laisser tomber en vue du but. Je suis disposé à continuer seul si c'est nécessaire, mais ton aide résoudrait pour moi bien des problèmes. Tu as commis un acte répréhensible et, de plus, inutile. Isabel n'a jamais tué personne, elle n'a jamais eu d'amant. Le moins que tu puisses faire pour elle, c'est de contribuer à démontrer son innocence. C'est, en fait, la seule façon de racheter ta mauvaise action, à moins que tu préfères vivre le reste de tes jours bourrelée de remords. Qu'est-ce qu'il te reste comme alternative ? Isabel morte, il n'y a plus aucune raison pour que Peraplana continue à te faire entretenir aux frais de la laiterie. Ou tu te décides à prendre en main les rênes de ton destin ou tu finiras comme... comme moi, sans aller plus loin.

La conversation paraissait la réconforter, car elle cessa de pleurer et recomposa le coloris de son visage à l'aide d'une petite boîte oblongue qui contenait un miroir et une houppette poudreuse. Je me souvins que ma sœur, elle, s'appliquait des cosmétiques avec un morceau de serpillière, et je me fis la réflexion que les différences sociales sont patentes dans les détails les plus futiles comme dans les plus subtils.

– Que dois-je faire ? demanda enfin Mercédès d'un ton soumis.

– Tu as ta voiture à portée de la main ?

– Oui, mais il faut faire vérifier l'huile.

– De l'argent ?

– J'ai pris toutes mes économies, pour le cas où je devrais fuir.

– C'est un indice de préméditation, ma jolie. Mais nous nous occuperons en temps utile des éléments du procès. Allons jusqu'à ta voiture. Je te raconterai en chemin ce que j'ai découvert et quel est mon plan.

14

Un mystérieux dentiste

Il était l'heure de dîner, pour ceux qui peuvent se permettre de ces largesses, et les rues étaient, une fois de plus, à moitié vides. La pluie avait recommencé à tomber, et les gouttes tambourinaient sur la capote de la voiture de Mercédès, une 600 cabossée au point de mériter, plutôt que le titre d'antiquité, celui de relique, où nous attendions assis que les habitants de la villa Peraplana, devant laquelle nous étions garés, se manifestent. La famille affligée avait réintégré son domicile depuis une heure, et il eût été normal que ses membres consacrent ensemble cette soirée au chagrin, mais je prévoyais quelque autre événement, et mon pressentiment se vit bientôt confirmé.

Le majordome sortit le premier, protégé par un parapluie brillant, et ouvrit largement la grille; puis il se rangea sur le côté tandis que des phares puissants perforaient la noirceur de la nuit; une Seat, pas la mitraillée, l'autre, fit enfin son apparition, avec une personne au volant. Mercédès fit démarrer sa cafetière à mon signal :

– Essaie de ne pas te détacher de lui, même si tu dois manquer aux préceptes arithmétiques que prescrit le code de la route pour ce qui touche le maintien à distance.

Nous suivîmes la Seat de si près que je craignis que nous ne la tamponnions, ce dont la loi nous aurait rendus responsables, car je sais trop bien que la faute revient toujours à celui qui se trouve derrière, même si celui de devant l'a provoqué en parole ou en action. Comme nous arrivions à la Diagonale, je profitai d'un feu rouge pour mettre pied à terre en donnant une dernière recommandation :

« Ne le laisse pas échapper. Et mets tes lunettes, pour l'amour du Ciel. Il n'y a personne pour remarquer que tu en portes, et tu peux éviter un sérieux accident.

Elle acquiesça, serra les dents et partit à toute vitesse sur les traces de la Seat. Moi, je hélai un taxi que j'avais repéré et, sautant dedans, dis au chauffeur :

« Suivez ces deux voitures : Brigade Spéciale.

Le chauffeur me montra un insigne :

– Moi aussi ! dit-il. Quel secteur ?

– Stupéfiants, improvisai-je. Comment vont les promotions ?

Et le faux chauffeur de taxi :

– Mal, comme d'habitude. Nous allons voir comment ça évoluera après les élections. Moi, je vote pour Felipe Gonzalez. Et toi ?

– Le candidat de mes chefs.

Je coupai court pour éviter des familiarités qui auraient pu finir par me faire repérer.

Nous avions fait le tour de Calvo Sotelo et suivions toujours la Diagonale. Comme je l'avais prévu, le conducteur de la Seat ne tarda pas à se rendre compte qu'une voiture le suivait et, par une habile manœuvre, tout en se moquant d'un panneau d'interdiction, il s'engagea dans Montaner à contresens, dépistant la pauvre Mercédès qui évita de peu un autobus alors qu'elle essayait vaillamment de faire marche arrière. Je me souris intérieurement et dis au taxi de suivre la Seat. Le chauffeur de cette dernière, convaincu de s'être débarrassé de son poursuivant, avait réduit la vitesse et nous n'eûmes aucun effort à faire pour rester derrière lui. En outre, je n'avais – momentanément – plus Mercédès sur le dos, et ce sans avoir eu à blesser son amour-propre qui était déjà assez mal en point.

La Seat arriva à destination : un immeuble en pan coupé

de la rue Enrique Granados. La voiture se gara, le conducteur en descendit. Il pénétra sous une porte cochère obscure, en rentrant la tête entre les épaules comme pour se mettre hors d'atteinte de la pluie. Le portail s'ouvrit et l'homme disparut dans les profondeurs du vestibule. Je demandai au chauffeur du taxi d'attendre ; il me répondit qu'il ne le pouvait pas.

– Je dois absolument faire un tour dans les parages de la maison Reventos, où j'ai une magouille à éclaircir.

Je le remerciai et lui souhaitai bonne chance. Il n'accepta pas que je paie la course vu notre appartenance à la confrérie, bien que, pour une fois, j'eusse de l'argent, celui que m'avait donné Mercédès avant mon départ. Le policier banalisé s'éloigna ; moi, je me retrouvai seul sous l'averse. Un examen superficiel de la Seat ne m'apporta aucune lumière. La vignette fiscale portait le nom d'une société immobilière évidemment bidon, histoire d'échapper aux impôts. Je forçai la portière avec un morceau de brique et reniflai à l'intérieur. La boîte à gants ne contenait rien, hors les papiers du véhicule, une carte routière mal pliée et une lampe sans pile. Les sièges étaient recouverts de velours, celui du conducteur muni, en plus, d'une natte de raphia pour éviter la transpiration du cul. Ce détail me donna à penser que Peraplana en personne conduisait habituellement cette voiture. Il n'y avait dès lors aucune raison de croire que ce n'était pas lui qui venait de s'engager sous le porche. Par précaution, je pris mentalement note du kilométrage, bien que je ne crusse pas en ma capacité de retenir un tel chiffre, les mathématiques n'ayant jamais été mon fort : par nature, je suis plutôt enclin aux humanités. Il y avait des mégots de Marlboro dans le cendrier ; sur les filtres, pas trace de rouge à lèvres, mais les incisions de dents régulières, peut-être pas toutes jeunes. De la cendre était tombée sur le tapis, signe que c'était bien le conducteur qui fumait. L'un des mégots était encore humide, et l'allume-cigares encore chaud. Plus de doute. J'avais affaire à Peraplana en personne. Je sortis de la voiture, pas sans avoir arraché de leur niche la radio et le lecteur de cassettes, pour maquiller mes recherches en larcin. Je me défis des deux appareils en les jetant dans une bouche d'égout, et envisageai pendant quelques secondes la possibilité de me cacher dans le coffre à bagages pour voir où l'on m'emmènerait, mais j'abandonnai vite cette solution, trop dangereuse, d'autant que j'étais plus curieux de savoir ce qui se cuisinait dans la maison en pan coupé vers laquelle Peraplana s'était précipité alors même que la terre où reposait sa fille était encore fraîche.

Je me fis servir un Pepsi-Cola dans un bar à tapas au coin de la rue, en face, et m'enfermai dans la cabine téléphonique, bien pourvu de jetons, tout en essayant de ne pas perdre de vue le portail qui m'intéressait. Je cherchai dans l'annuaire par rues à l'immeuble en question et me mis à appeler tous les locataires les uns après les autres, auxquels je disais, quand ils décrochaient :

– Hello ! Ici *Cambio 16*. Nous faisons un sondage. Quelle chaîne de télévision regardez-vous en ce moment ? Tous répondirent : la première ; un excentrique mentionna la seconde. Un seul me lança grossièrement :

– Aucune.

Puis raccrocha.

« Tu as mordu à l'hameçon, petite sardine », pensai-je en cherchant le nom de la personne qui s'était montrée si discourtoise à l'égard de notre presse écrite : Plutonio Sobobo Cuadrado, dentiste. Je buvais mon Pepsi-Cola sans cesser d'observer le portail et introduisais ma langue dans le goulot de la bouteille pour en aspirer la dernière goutte quand je vis deux hommes sortir de l'immeuble en transportant avec délicatesse une masse enveloppée dans un drap blanc. Une femme contemplait l'opération en se tordant les mains dans les ténèbres du vestibule. La taille de l'objet et sa forme pouvaient être celles d'une personne pas trop grande, une fillette certainement. Les deux hommes placèrent le paquet dans la malle de la Seat, en sorte que je me félicitai de ne pas m'y être installé. Ensuite, l'un d'eux s'assit au volant de la voiture et démarra. J'aurais aimé la suivre mais je n'apercevais de taxi nulle part. Je concentrai donc mon attention sur l'autre homme qui rentra sous le porche, parla un instant avec animation à la femme qui se tordait les mains et referma ensuite le vantail de bois. Je payai ma consommation, sortis du bar, examinai le portail sous la pluie qui continuait de tomber. Étant donné ce qui m'intéressait et que j'omettrai – car il ne s'agit que de détails techniques pour serruriers et pour malfrats –, je m'emparai d'une barre de métal que je trouvai dans un proche édifice en construction et procédai à l'ouverture de la porte. Une fois dans le vestibule, je vis sur les boîtes aux lettres quels étaient l'étage – le second – et la porte – la première – du dentiste. Il y avait un ascenseur qui ressemblait à un cercueil mais, pour plus de discrétion, je montai à pied. L'intérieur de l'immeuble correspondait à sa façade grise, massive, vulgaire et un peu triste : la typique maison de l'Ensanche. Je sonnai à la porte du dentiste qui répondit immédiatement à travers un judas :

– Qui est là ?

– Docteur, j'ai un flegmon qui m'en fait voir de toutes les couleurs.

En parlant, je gonflais la joue.

– Vous n'avez rien ; ce ne sont pas des heures pour faire une visite, et mon cabinet est du côté du Clot.

Explorant de nouvelles voies de rapprochement, j'avançai

– A vrai dire, je suis psychiatre, psychiatre infantile, et je voulais vous parler de votre fille.

– Allez-vous-en immédiatement, espèce de fou.

– Je m'en irai si vous le voulez, mais je reviendrai avec la police, menaçai-je sans grande conviction.

– C'est moi qui vais appeler la police si vous ne filez pas sur-le-champ.

Je décidai d'adopter un ton moins emphatique :

– Docteur, vous êtes dans un fichu pétrin. Mieux vaut que nous en discutions franchement.

– Je ne sais pas de quoi vous parlez.

– Vous le savez très bien, sinon vous ne poursuivriez pas une conversation qu'aucune personne saine d'esprit ne supporterait. Je sais tout ce qui concerne votre fille et, aussi étrange que ça puisse vous paraître, je peux vous aider à sortir de ce guêpier, si vous êtes disposé à coopérer. Maintenant, je vais compter jusqu'à cinq. Lentement, mais jusqu'à cinq. Si vous ne m'avez pas ouvert la porte quand je me serai tu, je m'en irai et vous paierez seul les conséquences de votre entêtement. Un... deux... trois...

Je perçus vaguement une voix de femme qui disait :

– Ouvre-lui, Pluto. Après tout, il pourra peut-être nous aider.

– ... quatre... et cinq. Je vous souhaite le bonsoir.

La porte s'ouvrit, et dans son encadrement se découpa la silhouette que j'avais vue sous le porche un instant plus tôt. La femme qui se tordait les mains continuait à se les tordre en tournant le dos à son mari.

– Attendez, proposa le dentiste. On ne perd rien à parler. Qui êtes-vous et qu'avez-vous à me dire ?

– Il n'est pas nécessaire que tout le voisinage soit au courant, docteur. Invitez-moi plutôt à entrer.

Le dentiste me laissa le passage, et je pénétrai dans un couloir chichement illuminé par une ampoule de faible voltage emprisonnée dans une cage de fer forgé. Il y avait aussi un porte-parapluie en faïence, un portemanteau en bois sombre ouvragé et un siège monacal. Sur le papier du mur, une scène champêtre se répétait symétriquement. Un Sacré-Cœur en émail placé sur la porte, à l'intérieur, proclamait : « Je bénirai cette maison. » Les dalles du sol étaient octogonales, multicolores et basculaient sous les pas.

– Ayez la bonté d'avancer, fit le dentiste en désignant un

couloir plus étroit et plus sombre qui ne paraissait pas avoir de fin. Je m'y engageai, suivi du docteur et de sa femme, en me repentant de ne pas avoir suggéré un terrain neutre pour l'entretien : somme toute, je ne savais pas ce qui m'attendait au fond du corridor, et la capacité qu'ont les dentistes de faire du mal est bien connue.

15

Où le dentiste ouvre son cœur

Mes craintes s'avérèrent sans fondement, car à mi-chemin le docteur me dépassa et alluma avec empressement un lustre qui éclaira un petit salon, meublé modestement mais confortablement. Il me fit signe de m'asseoir dans l'un des fauteuils, en disant :

– Nous ne pouvons pas vous recevoir comme nous le désirons, car ma femme et moi sommes absthèmes. Je peux seulement vous offrir un chewing-gum médicinal, qu'un laboratoire m'a envoyé comme publicité. On dit que ça fait du bien aux gencives.

Je déclinai l'offre, attendis que le couple fût assis, et pris la parole :

– Vous vous demandez qui je suis et à quel titre je m'ingère dans vos affaires. Je vous répondrai que le premier point manque d'importance et qu'au second je ne peux vous donner d'explication, sauf que je suis d'avis que nous sommes tous dans les mêmes draps, encore que je ne me risquerai pas à affirmer une telle chose avant que vous ayez répondu à certaines questions que je vous poserai à mon tour. Docteur, je vous ai vu il y a un instant transporter un fardeau et le placer dans le coffre d'une voiture. Vous l'admettez ?

– Oui, en effet.

– Admettez-vous également que le fardeau en question contenait, ou, pour mieux dire, était à proprement parler un être humain, vraisemblablement une fillette et, oserai-je aventurer, votre propre fille par-dessus le marché ?

L'odontologue hésita ; mais sa femme prit la parole :

– C'était la petite, monsieur, vous avez tout à fait raison.

Je notai que c'était une femme quelque peu rassise mais encore consommable. Ses yeux et le rictus de sa bouche exprimaient un je-ne-sais-quoi. Il émanait de sa personne un souffle que je ne sus à quoi attribuer.

– N'est-il pas également exact, continuai-je en me souvenant du style élégant que le ministère public adoptait lors des audiences auxquelles j'avais pris part en qualité d'accusé et probablement de toutes les autres, que la fillette du fardeau, votre enfant à tous deux, est celle qui a disparu depuis deux jours du collège des sœurs lazaristes de Saint-Gervais ?

– Tais-toi, ordonna le dentiste à sa femme. Nous n'avons aucune raison de répondre.

– Nous sommes découverts, Pluto (il y avait un accent de soulagement dans sa voix). Et je me réjouis qu'il en soit ainsi. Croyez-moi, monsieur, jamais nous n'avions enfreint la loi jusqu'ici. Vous qui avez l'air d'un délinquant, vous serez d'accord avec moi sur le fait qu'il n'est pas facile de faire taire sa conscience.

J'exprimai mon approbation et continuai :

– La fillette n'avait pas disparu du collège, elle en avait été retirée à l'insu des religieuses et amenée ici où vous l'avez cachée tout en feignant d'être affligés par ce que vous vouliez faire passer pour une séquestration ou une fugue. N'en est-il pas ainsi ?

– Tel que vous le racontez, dit la dame.

La question suivante était toute prête :

– Pourquoi ?

Le couple garda le silence.

« Quel était l'objet de cette farce insensée ? insistai-je

– Il nous a obligés, dit la dame.

Puis s'adressant à son mari qui lui lançait des regards désapprobateurs, elle ajouta :

« Il vaut mieux que nous confessions tout. Êtes-vous de la police ? me demanda-t-elle.

– Non, madame, même pas de loin. De qui s'agit-il ? De Peraplana ?

La femme rentra le cou entre les épaules. L'odontologue cacha son visage dans ses mains et éclata en sanglots. Ça faisait pitié de voir pleurer d'un si gros chagrin un dentiste. J'attendis patiemment qu'il se recomposât et, redevenu maître de lui, il ouvrit les bras comme quelqu'un qui va exposer sa nudité, pour me dire :

– Monsieur, vous qui paraissez observateur et réfléchi, vous aurez déduit du quartier où nous vivons, de la simplicité de nos vêtements et de notre intérieur, comme du fait que nous éteignons automatiquement les lumières en sortant d'une pièce, que nous appartenons à l'endurante classe moyenne. Tant ma femme que moi sommes d'origine modeste, et j'ai fait toutes mes études à l'aide de bourses et de leçons particulières que les jésuites me procuraient par l'intermédiaire de la Compagnie. La culture de mon épouse se limite à des connaissances culinaires, qui ne sont pas exemptes de hauts et de bas, et quelques capacités en couture qui lui permettent de transformer des tenues d'été en blouses d'intérieur dont elle ne se sert jamais. Quoiqu'il y ait treize ans quc nous nous sommes mariés, notre maigre pécule ne nous a permis d'avoir qu'une fille. Nous nous sommes vus contraints, bien malgré nous et il y a déjà longtemps, d'avoir, nonobstant le fait que nous sommes tous deux catholiques et pratiquants, recours aux anovulateurs, fait qui a privé nos rapports sensuels de tout plaisir : à cause du remords. Inutile d'ajouter que notre petite fille, dès l'instant même de sa conception, devint le centre de nos vies et que nous avons fait pour elle d'incalculables sacrifices dont nous ne lui avons jamais demandé de tenir compte, tout au moins explicitement. La même chance qui nous a été adverse, et tant d'autres choses, nous a donné une fille qui réunit toutes les grâces, la moindre d'entre elles n'étant pas l'amour enflammé qu'elle nous porte.

Le dentiste se tourna vers sa femme, peut-être en quête de corroboration, mais elle tenait ses yeux fermés, avait le sourcil froncé et paraissait absente, comme si elle passait sa vie en revue, chose que je ne déduisis pas, c'est évident, de sa seule attitude abstraite mais de la réaction postérieure que je décrirai en son temps.

« Une fois notre petite parvenue à l'âge de raison, continua le dentiste, ma femme et moi discutâmes longtemps, et non sans quelque animosité, du collège auquel nous devions l'envoyer. Nous étions d'accord sur le fait qu'il fallait que ce soit le meilleur de la ville, mais tandis que ma femme penchait pour une école laïque, progressiste et chère, j'étais partisan du traditionnel enseignement religieux qui a donné de si beaux fruits à l'Espagne. D'ailleurs, je ne crois pas que les récents changements survenus au sein de notre société soient durables. Tôt ou tard, les militaires feront en sorte que tout revienne à la normale. Dans les écoles modernes règne le libertinage : les professeurs, je le sais bien, se vantent de leurs liaisons extra-conjugales devant leurs élèves ; les enseignantes se dispensent du port de sous-vêtements ; le sport est déconseillé aux récréations, et toutes ces conditions sont propices à la concupiscence ; on organise des bals et des excursions qui durent plus d'une journée et on projette des films de quatre sous. Je ne sais pas si, comme on le dit, cela prépare nos enfants à affronter le monde. Peut-être cela les vaccine-t-il contre les dangers ? Je préfère ne pas donner d'avis là-dessus. De quoi parlais-je ?

– Du collège de votre fille à vous.

– Ah oui ! Comme je vous disais, nous n'étions pas d'accord, mais mon épouse étant femme et moi homme, elle a dû céder, c'est la loi naturelle. Le choix que je fis du collège des sœurs lazaristes de Saint-Gervais nous imposa le double sacrifice d'avoir à nous séparer de la petite, le régime d'internat n'admettant pas d'exception, et de verser des mensualités que je peux qualifier sans ambages d'onéreuses, en termes tant relatifs qu'absolus. L'éducation était indéniablement soignée, et nous ne nous plaignîmes jamais, même si Dieu sait combien, en matière d'argent, nous étions justes. Les années passèrent...

Il secoua lentement l'air de ses mains, comme si des séquences de cette insipide saga familiale allaient être projetées dans l'espace, à son signal.

« Tout alla bien, continua-t-il après constatation que rien ne survenait, jusqu'au jour où je lus dans une de ces revues que je reçois gratuitement au cabinet un article sur les progrès de l'industrie allemande en matière d'odontologie. Je vous épargnerai les détails techniques. Qu'il vous suffise de savoir que je me mis en tête d'acquérir une fraise électrique et de laisser tomber l'appareil à pédale que j'avais toujours utilisé et qui, soit dit en passant, ne satisfaisait pas ma clientèle. Je fis appel à toutes les banques de la place mais elles me refusèrent le crédit que je sollicitais, ce qui m'obligea à contacter des institutions financières un tant soit peu plus exigeantes pour ce qui touche aux intérêts. Je dus signer des traites. Le tout me fut livré, mais les instructions étaient en allemand. En l'essayant sur mes patients, j'en perdis quelques-uns. Les traites venaient à échéance à une vitesse effrayante et je dus solliciter d'autres emprunts pour les honorer. En somme, je m'étais fait piéger sans rémission. Mes croyances, mes responsabilités de père et de mari m'interdisaient la lâche solution d'un suicide. Il ne me restait qu'à attendre la prison et le déshonneur. La simple idée que ma femme dût travailler m'était odieuse. Je ne cherche pas d'excuses à mes fautes, je veux seulement que vous compreniez ma situation et le calibre de mon angoisse.

« Un matin, un homme grave et élégant se présenta à mon cabinet. J'imaginai qu'il apportait un ordre de saisie ou même de comparution ; or, ce n'était pas un officier de justice comme sa tenue et sa prestance paraissaient l'indiquer, mais un financier qui refusa de se présenter et laissa entendre qu'il était au courant de mes ennuis. Il me dit qu'il pouvait m'aider. Je voulus lui baiser la main, mais il la retira, comme ceci, et je me retrouvai suçant de l'air. Il me demanda si j'avais bien une fille à l'internat Saint-Gervais. J'acquiesçai. Il me demanda si j'étais disposé à lui faire une faveur et à garder un secret, me donnant sa parole que la petite n'aurait à souffrir d'aucun préjudice. Que pouvais-je faire? Comme on dit, j'étais le dos au mur. Je m'abaissai à ce qu'il me demandait. Il y a deux nuits, il a amené ici la petite. Elle était très pâle et paraissait morte, mais le monsieur nous a assuré qu'elle n'avait rien, qu'il avait dû lui administrer un sédatif, que c'était une partie de son plan. Il m'a donné une boîte de capsules qu'elle devait aspirer toutes les deux heures. Grâce à mes connaissances professionnelles, j'ai su qu'elles contenaient de l'éther. Je voulais faire marche arrière, abandonner la transaction, mais l'homme a repoussé mes protestations avec un rire sardonique, que je vais imiter pour vous : ah, ah, ah.

« "Il est trop tard pour vous repentir, me dit-il. Non seulement, je détiens les traites que vous avez signées, et elles seront l'objet de protêt au moindre signe d'insubordination, mais, de plus, la présente affaire a déjà largement dépassé les limites prescrites par le Code pénal. Ni vous ni madame votre épouse ni même votre fille n'échapperez à la justice, si vous ne vous en tenez pas strictement à mes ordres."

« C'est ainsi qu'effrayés, impuissants, nous avons passé ces derniers jours à droguer la petite, en attendant, à tout instant, que le coup de la loi nous tombe dessus. Le monsieur en question est revenu ce soir et m'a ordonné de lui reconfier notre fille. Nous l'avons enveloppée dans un drap et mise dans le coffre de la voiture, comme vous dites l'avoir vu. C'est tout.

L'odontologue se tut, et les sanglots recommencèrent à secouer son corps. La femme se leva, traversa le salon et contempla les géraniums flétris qui décoraient son petit balcon. Quand elle parla, sa voix paraissait provenir de son estomac :

- Aïe, Pluto, maudite soit l'heure où je me suis mariée

avec toi. Tu as toujours été un ambitieux sans énergie, un type sans grandeur, un flambeur sans charme. Tu as été vaniteux dans tes rêves et craintif dans la réalité. Tu ne m'as jamais rien donné de ce que j'attendais, et même de ce que je n'attendais pas, et dont je t'aurais remercié de la même manière. De mon insondable capacité de souffrance, tu n'as mis à profit que ma soumission. Ce n'est pas seulement la passion et l'amour que tu n'as pas su me donner, mais aussi la tendresse et la sécurité. Si je ne craignais pas les misères de la solitude et de la pénurie, je t'aurais mille fois abandonné. Cette histoire-là est la goutte qui fait déborder le vase. Cherche-toi un avocat et nous réglerons la séparation.

Elle sortit du salon sans attendre les simagrées de son mari, qui paraissait avoir perdu la parole. Nous entendîmes le bruit de ses talons dans le couloir et le claquement furieux d'une porte.

– Elle s'est enfermée dans la salle de bains, m'informa le dentiste consterné. C'est ce qu'elle fait chaque fois que la prend l hystérie.

Comme j'ai pour règle de ne pas me mêler des affaires matrimoniales de mon prochain, je me levai pour m'en aller, mais le dentiste me retint par le bras et m'obligea à me rasseoir. On cntendit couler un robinet. Il me dit :

« Vous êtes un homme. Vous me comprendrez. Les femmes sont ainsi faites : on leur donne tout sur un plateau et elles se plaignent, on leur remonte le ressort et elles se plaignent encore. Toutes les responsabilités nous tombent dessus, nous devons prendre toutes les décisions. Elles jugent ! Si ça marche elles laissent filer ; si ça ne marche pas, on est une chiffe molle. Leurs mères leur ont bourré le crâne de rêves, elles se prennent toutes pour Grace Kelly. Mais je vois bien que vous ne comprenez pas de quoi je parle, vous avez l'air de qui n a rien à voir avec. Vous semblez appartenir, d'après votre genre, à cette classe bienheureuse qui reçoit, elle aussi, les choses toutes mâchées. Vous n'avez pas à vous faire de souci : vous n'envoyez vos enfants ni à l'école ni chez le médecin, vous n'avez pas à les habiller ni à les nourrir : vous les lâchez tout nus dans la rue, et qu'ils se débrouillent ! Ça revient au même d'en avoir un ou quarante. Vêtus de haillons, entassés comme des animaux, ils ne vont pas au spectacle et ne distinguent pas un tournedos Rossini d'un rat sauté. Les crises économiques, ça ne vous affecte pas. N'ayant pas de frais, vous pouvez consacrer toutes vos rentrées à entretenir votre déchéance. Qui ira vous demander des comptes ? Si vous n'avez pas assez d'argent, vous faites grève et attendez que l'État tire pour vous les marrons du feu. Si vous vous faites vieux, comme vous n'avez pas su faire un sou d'économie, vous vous jetez dans les bras de la Sécurité sociale. Et pendant ce temps-là, qui permet le développement ? Qui paie les impôts ? Qui maintient l'ordre dans la demeure ? Vous ne savez pas ? Nous, monsieur, les dentistes.

Je lui dis qu'il avait grandement raison, lui souhaitai bonne nuit et sortis. Il se faisait tard et j'avais encore quelques inconnues à éclaircir. En suivant le couloir jusqu'à l'entrée, j'entendis un barbotage qui provenait de ce que je déduisis être la salle de bains. Dans la rue, les taxis brillaient par leur absence et on ne doit jamais compter sur les transports publics. J'adoptai donc un petit trot et arrivai trempé jusqu'à la moelle dans le bar de la rue Escudillers où j'avais donné rendez-vous à Mercédès que je trouvai, là, entourée de noctambules fort occupés à la draguer. La pauvre fille, qui ne débarquait pas pour rien d'un village décent, était terrorisée par tant d'insolence, mais feignit une désinvolture amusée en me voyant entrer. Un type, dont la chemise déboutonnée laissait entrevoir les longs poils et les tatouages, me regarda avec des yeux rougis et provocateurs.

– Nous aurions pu nous donner rendez-vous au Sandor, me reprocha Mercédès.

– Ça ne m'est pas venu à l'idée.

– C'est ton coquin, salope ? interrogea le dur à la chemise révélatrice.

– Mon fiancé, dit imprudemment Mercédès.

– Eh bien, je vais le transformer en croquettes Findus, proclama le matamore.

Sur quoi, il saisit une bouteille de vin vide par le goulot et la brisa contre le comptoir de marbre, se fichant des éclats dans la main et saignant d'abondance.

« Merde, s'exclama-t-il. Ça marche toujours dans les films.

– Ce sont des effets spéciaux, expliquai-je. Permettez-moi d'examiner votre main, je suis praticien à la Polyclinique. Il me tendit sa main ensanglantée sur les blessures de laquelle je vidai une salière. Tandis qu'il hurlait de douleur, je lui brisai un tabouret sur le crâne et le laissai étendu par terre. Ne voulant pas de bagarres chez lui, le patron du bar nous invita à vider les lieux. Dehors, Mercédès se mit à pleurer.

– Je n'ai pas réussi à suivre la voiture comme tu m'avais dit. Elle m'a lâchée. Et, après ça, j'ai eu très peur.

Son chagrin m'inspira une grande tendresse et je regrettai presque de l'avoir mêlée à l'affaire.

– Ne t'en fais plus, dis-je. Je suis là. Tout va bien finir. Où as-tu mis la voiture ?

– Elle est mal garée, rue Carmen.

– Allons-y

Quand nous arrivâmes, la grue était sur le point de l'emporter. Les fonctionnaires municipaux acceptèrent, non sans discussion, que nous payions l'amende et gardions la voiture. Ils nous donnèrent une fiche soigneusement pliée contre notre argent et nous invitèrent à ne pas la lire jusqu'à ce qu'ils fussent partis. Le reçu disait : « Vous êtes constant en affection, mais votre hermétisme peut provoquer des malentendus ; attention à vos bronches. »

« Je crains que nous ayons été roulés, fis-je.

16

Le corridor aux cent portes

Il était près de deux heures du matin quand Mercédès arrêta sa 600 dans une ruelle relativement proche du collège des sœurs lazaristes. Je pris sur mes épaules les engins que nous avions achetés dans l'après-midi et nous parcourûmes les rues désertes. Dieu merci, il avait cessé de pleuvoir.

– Souviens-toi bien de mes instructions, recommandai-je. Si je n'ai pas donné signe de vie dans deux heures...

– J'appelle le commissaire Flores, je sais. Tu l'as déjà répété cent fois. Crois-tu que je sois idiote ?

– Je ne désire pas courir de risques inutiles. Je ne sais pas ce que j'aurai à affronter dans cette maudite crypte, mais ce dont je suis sûr, c'est que ceux qui l'utilisent n'y vont pas de main morte.

– Il faudra que tu affrontes la mouche géante pour commencer, dit Mercédès.

– Il n'y a pas de mouche géante, bêtasse. Ce que tu as vu, c'est une personne munie d'un masque à gaz. On dirait que ces types carburent à l'éther.

– Ne devrais-tu pas emmener un canari ? suggéra Mercédès.

– Il ne manquerait plus que ça !

Nous nous étions arrêtés devant la grille hérissée de pointes. Le silence était saisissant ; pas une lumière ne brillait à l'intérieur du collège. Je soupirai, saisi d'une hésitation. Mercédès me murmura à l'oreille :

– Courage !

Je n'osai pas lui dire que le fait de dépendre d'elle était précisément ce qui m'inquiétait, d'elle qui venait tout juste de commettre un assassinat moral et des maigres données qu'elle avait bien voulu me fournir.

– Souhaite-moi bonne chance, dis-je comme j'avais entendu faire dans les films.

– Je veux que tu saches une chose, au cas où nous ne nous reverrions plus, me confia Mercédès avec assez peu de tact. Ce que je t'ai raconté cet après-midi, que j'étais une refoulée, ce n'était pas vrai. J'ai eu quantité d'amants. J'ai couché avec tous les nègres : hommes, femmes, enfants, chameaux, tous. Une tribu entière.

Je supposai que le danger avait excité son imagination et lui dis que je la croyais *mordicus*. Pendant ce temps-là, j'avais trouvé ce que je cherchais : un tas d'excréments de chien de fabrication récente. Je les ramassai sur le trottoir avec un soin extrême, cherchant à ne pas altérer leur forme originale, et les plaçai dans le jardin du collège en les glissant entre les barreaux de la grille. Les deux mâtins intérieurs ne tardèrent pas à faire leur apparition et se comportèrent comme j'avais prévu, car j'ai observé que les chiens, qui passent pour intelligents, ont l'habitude de humer les selles de leurs congénères avec une délectation évidente, et nos mâtins ne faisaient pas exception à cette malheureuse règle. Les cerbères occupés par ce cadeau fort peu coûteux, nous fîmes en courant le tour du mur pour en atteindre l'extrémité opposée où la hauteur était moindre. Je montai sur les épaules de Mercédès qui, bien que je sois de complexion chétive, oscilla comme une nacelle en plein vent, et j'étendis sur le sommet du mur une couverture que nous avions acquise ce même après-midi dans un lieu qui vendait ce genre d'article. Je pus ainsi gagner la partie supérieure du mur sans que les fragments de verre qui le hérissaient me transforment en *ecce homo*. Je scrutai le panorama tout en me passant en bandoulière une gibecière que Mercédès me tendait d'en bas ; les chiens étaient toujours occupés. Je sortis de la musette une belle saucisse achetée au marché Ninot, avec laquelle je pensais les suborner en cas d'ennuis, puis je sautai sur la pelouse. La mollesse du sol atténua le choc. De la rue, Mercédès tira à elle la couverture pour effacer toute trace de l'escalade, mais, à ce faire, il se passa une chose imprévue : une seconde couverture, dont nous n'avions pas remarqué jusqu'alors l'existence, se détacha des plis de la première et me tomba dessus, me recouvrant comme un fantôme et me faisant buter contre une racine qui dépassait du sol, avec ce résultat que je m'étalai de tout mon long à plat ventre comme un paquet. Je me souvins alors que le magasin de couvertures annonçait sur un panonceau que tous les fiancés achetant cet article bénéficieraient du cadeau d'une autre couverture de taille, de couleur et de tissu identiques, qu'ils en aient besoin ou pas. Je ne m'étais pas penché sur ce détail, attendu que ni Mercédès ni moi n'avions donné prise à des conjectures sur la nature de nos relations.

Comme je l'ai dit, je me trouvais empêtré dans la couverture quand je perçus des grognements menaçants et sentis au travers de la laine – si c'est bien de laine qu'il s'agissait – le museau humide des chiens qui avaient abandonné leur diversion et étaient accourus avec une diligence exemplaire au bruit de ma chute. Toutes les couvertures neuves dégagent par bonheur une odeur spéciale, pas précisément bonne, qui empêcha les mâtins de déceler la présence d'un être humain sous l'enveloppe. Bien décidé à profiter de cet avantage imprévu et saisissant entre mes dents la saucisse, qui me parut bien dure pour le prix astronomique que j'avais dû payer, je progressai à quatre pattes sur le gazon, cherchant à ce qu'aucune des extrémités dont je suis doté ne dépasse de la couverture, et je parvins ainsi jusqu'au collège, toujours courtisé par les chiens qui devaient se creuser les méninges en essayant d'imaginer de quoi il s'agissait. Un moment critique se présenta alors : il fallait sortir de mon refuge pour pénétrer à l'intérieur de l'édifice.

Je soulevai avec prudence l'un des bords de la couverture

et jetai énergiquement la saucisse, que les chiens suivirent. Délivré de leur présence, je récupérai la verticalité et observai le mur qui se dressait devant moi, constatant avec horreur qu'il ne comportait pas de fenêtre, de plante ni d'appui quelconque pour s'aider à grimper. Les chiens revenaient à fond de train, l'un d'entre eux tenant la saucisse dans sa gueule, et le désespoir allait m'accabler quand l'idée me vint à l'esprit de jeter sur eux la couverture où ils se retrouvèrent tous deux prisonniers, curieuse inversion des rôles que moi-même et eux avions joués quelques instants plus tôt sur le grand théâtre du monde. Je suppose qu'ils se mordirent réciproquement ou qu'une fois à l'abri de la curiosité publique, ils se livrèrent à des actes libidineux. On sait que les chiens ne font pas la fine bouche dès qu'il s'agit de batifoler. Pour ma part, je courus le long de l'édifice jusqu'à ce que j'y eusse découvert une petite fenêtre ouverte, compte tenu de la douceur du climat : je me faufilai par là avec l'agilité que donne la panique.

Je ne savais pas où j'étais, mais des ronflements m'indiquèrent que j'avais dû atterrir dans une cellule où vraisemblablement dormait une religieuse. Je sortis de ma gibecière une lanterne, qui était encore un de nos achats, et constatai en voulant l'utiliser que je tenais la saucisse, ayant, dans l'énervement propre aux circonstances, fait don de la torche aux chiens. A l'aveuglette donc, et en me tenant autant que possible à l'écart des ronflements, je trouvai une porte dont la poignée tourna sans résistance. La porte s'ouvrit et je sortis dans un couloir que je parcourus en tâtant les murs : il tournait plusieurs fois à angle droit sur la gauche de sorte que je fis plusieurs tours complets en revenant toujours à mon point de départ. Dans l'affaire, j'avais perdu tout sens de l'orientation et du temps. Je n'osais pas vérifier ce qu'il y avait derrière les portes que mes mains rencontraient, craignant qu'elles ne correspondent à autant d'autres cellules. Rejetant cependant l'idée que le corridor était sans issue, et que les religieuses accédaient à leurs appartements par leurs fenêtres respectives, je me dis qu'une des cent portes que j'avais tâtées devait communiquer avec le reste de l'édifice. Mais laquelle ?

Me fouillant férocement les cavités nasales, ce qui stimule toujours la réflexion, je me mis à penser à l'idiosyncrasie particulière aux ordres religieux et trouvai bientôt une façon de résoudre le problème qui se posait. Je parcourus une fois de plus tout le couloir en examinant au toucher les portes que je rencontrais et je remarquai avec joie qu'une seule d'entre elles avait une serrure. Grâce à une lime à ongles que j'avais emportée dans ma musette et à l'expérience acquise au cours de mon passé délictueux, je forçai la serrure et débouchai sur un escalier qui menait au premier étage.

Je parvins à un réfectoire sur les tables duquel étaient déjà disposés les couverts du petit déjeuner. Ceci me rappela que je n'avais rien mangé depuis le dîner chez Mercédès. Je m'assis sur l'un des bancs et me souvins de la saucisse qui, quoique crue, se révéla exquise. Une fois mes forces réparées, je poursuivis mon exploration. Je résumerai les incidents de cette interminable pérégrination à travers l'internat en disant que je trouvai finalement, grâce à la minutieuse description fournie par Mercédès, la porte du dortoir des élèves dont je forçai la serrure avec ma lime et où j'entrai en catimini sans éveiller les occupantes. C'était une pièce rectangulaire et vaste, comportant deux rangées de lits le long des murs. A gauche de chaque lit se trouvait une petite table de nuit et à droite une chaise où reposaient, soigneusement pliés, les uniformes des pensionnaires et, troublante vision ! leurs petites culottes respectives. Un calcul rapide m'apprit que j'étais le seul mâle parmi soixante-quatre petits anges à la fleur de la puberté. Il ne me restait plus, pour mener à bien la première étape de mon plan, qu'à déterminer laquelle des soixante-quatre adolescentes était la fille du dentiste. Vous vous demandez sans doute, cher lecteur, comment j'allais identifier la jeune personne en question, que je n'avais jamais vue : si tel est le cas, vous trouverez la réponse au chapitre suivant.

17

Dans la crypte

Pour la seconde fois de la nuit, certes pas de ma vie, je me mis à quatre pattes et tâtai systématiquement entre les lits les souliers placés sous les chaises. Tous étaient humides à cause de la pluie, sauf une paire : celle de la fille du dentiste ! Après avoir isolé avec cette impeccable logique l'objet de mes recherches, j'engageai la seconde, et la plus ardue, partie de mon plan. Je tirai de ma musette un mouchoir imprégné de Purodor, substance très appréciée dans les toilettes des cinémas de quartier, m'en couvris le nez et la bouche, puis me l'attachai derrière la nuque, revêtant du même coup l'aspect d'un méchant de western. Je pris alors une ampoule d'éther que Mercédès, sur mes indications, avait chipée dans une pharmacie pendant que je distrayais les employées en faisant celui qui voudrait demander des préservatifs mais n'ose pas s'en expliquer. Je brisai l'ampoule avec la lime à ongles, et l'éther s'évapora sous les narines de la fillette, desquelles j'avais approché le pharmakon. Je ne dus même pas attendre cinq secondes pour qu'elle se dresse sur son séant, écarte draps et couverture et pose les pieds par terre. Je la saisis délicatement par le bras et la conduisis vers la porte sans que rien vienne altérer sa docilité. Nous laissâmes la porte derrière nous et parcourûmes de concert les toilettes, l'escalier, l'antichambre et – finalement – la chapelle, parvenant ainsi à la fausse pierre tombale portant les inscriptions V. H. H. et HINC ILLAE LACRIMAE. Je laissai la fillette immobile contre une petite armoire destinée au rangement des ornements liturgiques et tirai avec force sur l'anneau qui dépassait de la pierre. Cette sacrée dalle ne se détachait pas et il me parut bizarre qu'en son temps Mercédès, alors fragile adolescente, eût pu la soulever par ses seules forces. La pierre céda pourtant, après diverses tentatives exténuantes, et je la dégageai, découvrant à sa place un vide obscur et malodorant. Je descendis dans la fosse, trébuchai, tombai la tête la première et me retrouvai enlacé avec un horrible squelette. J'eus peine à étouffer un cri et m'arrachai précipitamment aux ossements tout en m'interrogeant sur ce qui était arrivé, jusqu'à ce que la lumière se fît dans mon esprit et que je maudisse ma stupidité. Quel âne ! Je m'étais, dans ma précipitation, trompé de sépulture et j'avais profané celle qui contenait la dépouille mortelle de V. H. H. J'aurais remarqué, si mon ignorance en langues étrangères n'avait pas été aussi crasse, que l'inscription gravée sur la dalle que je venais de soulever n'était pas celle que Mercédès avait citée. Mal informé, comme je suis, j'avais pris une inscription pour l'autre, comme ce Suisse que je connus en une certaine occasion et qui, ne connaissant pas d'autre mot en espagnol que branlette, le répétait partout où il allait, en croyant qu'il parlait la langue de l'Empire et que chacun était en mesure d'interpréter dûment ses intentions. Moi, en cette occasion, je lui avais vendu pour de la cocaïne ce qui n'était que du talc en poudre, que le Suisse présomptueux et obtus paya rubis sur l'ongle et inhala avec tant d'enthousiasme qu'il eut bientôt la tête d'un clown. A présent, c'était moi qui commettais une bévue du même genre. Lecteur, ne dites jamais « je ne boirai pas de cette eau-là ».

Remis du choc mais encore ému, j'utilisai le mouchoir qui me couvrait les orifices respiratoires pour éponger mon front de sa sueur, après quoi je fourrai distraitement le morceau de tissu dans ma gibecière.

On verra que cette inattention devait me coûter cher. La dalle véridique, pour ainsi parler, était contiguë à celle que j'avais soulevée et céda au premier effort, donnant accès aux escaliers que Mercédès m'avait décrits et que je descendis en poussant la fillette devant moi, pour le cas où il y aurait eu une embuscade. L'obscurité était totale et je regrettai beaucoup la perte de ma lanterne. Par précaution et peut-être par nervosité, je serrai tant le bras de la petite qu'elle se mit à gémir en rêvant. J'admets que mon attitude à son égard manquait de considération, mais je dois rappeler à ceux qui seraient de cette opinion que nous étions en train de pénétrer dans un labyrinthe et que seule la sotte cataleptique que j'avais si bien arrangée pouvait me conduire de manière sûre par ce dédale de couloirs, raison pour laquelle je l'avais kidnappée, attendu que sinon il aurait été incongru que je fasse la bonne d'enfant dans ce sous-sol. A ceux que tenterait un autre genre de pensées, je révélerai que l'adolescente avait une tête de cochon de lait et se trouvait à une phase de son développement où l'on ne pouvait rien faire de bon avec elle, sauf en ce qui concerne l'éducation. Il y aura bien quelqu'un pour alléguer, en dernier ressort, que le fait d'avoir parcouru le labyrinthe une seule fois en état d'hypnose n'impliquait pas qu'elle pût reproduire cette action avec succès, et je répondrai, moi, à cette dernière personne, qu'elle a entièrement raison, à preuve que nous n'avions pas fait cent pas que nous nous étions déjà perdus. Nous continuâmes à marcher, marcher, un couloir menait à un autre et celui-ci encore à un autre, sans plus de logique ni de système que la mauvaise volonté de la personne qui avait conçu cette aberration.

Je dis à la petite, tout en sachant qu'elle ne pouvait pas m'entendre :

– Ma jolie, je crains bien que ceci ne soit la fin. Je ne dirai pas que je m'en moque, parce que j'ai un fervent et, selon certaines personnes, injustifiable penchant pour ma peau, mais il est normal, jusqu'à un certain point, qu'une lavette de mon genre finisse ses jours au cœur de ce qui, après tout, est une allégorie architectonique de sa trajectoire vitale. En revanche, je regrette beaucoup que tu doives partager mon sort sans y être pour quoi que ce soit. On dirait que c'est le destin de quelques êtres humains, comme ton père le donnait à entendre il y a peu, et ce n'est pas moi qui objecterai en cet instant à l'ordre de l'univers. Il y a des petits oiseaux qui servent seulement à polliniser des fleurs que d'autres animaux mangent pour donner du lait. Et il y a des êtres qui tirent des leçons de cet enchaînement. Il est possible qu'il y en ait à tirer, je ne suis pas au courant. Moi, pauvre de moi, j'ai toujours suivi mon chemin sans essayer de comprendre le mécanisme dont je suis peut-être un rouage, comme le crachat qu'on lance sur les valves des pneus après les avoir gonflés dans les stations-service. Le fait est que cette philosophie, si c'en est une, ne m'a pas réussi. Comme tu peux voir.

Cette triste péroraison, morale de mon errance de par le monde, ne m'empêcha pas de remarquer que l'air raréfié et poussiéreux du couloir que nous suivions s'imprégnait peu à peu d'une vague odeur de brillantine ou de lotion faciale après-rasage, ce qui me fit penser qu'il pourrait bien y avoir un gommeux à l'affût. Je sortis de ma musette un marteau que je m'étais procuré aux fins de défense et, pour ce faire, je dus lâcher la fillette. Mais quand je voulus la saisir à nouveau, mes mains n'accrochèrent que le vide. Je dirai au passage qu'un pistolet aurait été plus pratique qu'un marteau, mais son acquisition dans une armurerie aurait suscité des problèmes d'autorisation de port insolubles et le marché noir m'était interdit, les prix ayant récemment grimpé en flèche, suite au développement du terrorisme.

Ma première supposition fut que la petite m'avait devancé, et je voulus hâter le pas pour la rattraper, mais j'avais les jambes lourdes et ne pouvais continuer à marcher qu'en faisant un effort. Je ressentis une crampe d'estomac, que j'attribuai à la saucisse que je venais d'ingurgiter, et un léger étourdissement, pas du tout désagréable. Je tombai, me relevai et poursuivis ma marche sans arrêter, sans arrêter, en sorte qu'il me semblait que je n'avais jamais rien fait d'autre de ma vie. Puis je perçus très loin une phosphorescence verdâtre et crus entendre une voix qui m'appelait :

– Eh, toi, qu'attends-tu ?

Moi qui me serais volontiers assis par terre, je me dirigeai vers la phosphorescence, parce que la voix qui m'incitait à tenir bon dans ma mission était celle de Mercédès et que je pensais qu'elle avait peut-être bien besoin d'aide. Cependant, il m'était si pénible de me mouvoir que je dus laisser le marteau et la musette sur le sol ; et si je n'abandonnai pas sur-le-champ les chiffons qui m'habillaient, c'est simplement parce qu'une telle incongruité ne me vint pas à l'esprit. Un sifflement me perça les tympans, et quand je voulus porter les mains à mes oreilles, je constatai que je ne pouvais plus lever les bras.

« Allons, allons, disait la voix de Mercédès.

Et moi, je me répétais intérieurement : « Ne te fais pas d'illusions, malheureux. Tout ça n'est qu'une hallucination. Le couloir est plein d'éther. Réfléchis bien : ce n'est rien de plus qu'une hallucination. »

« C'est ce que vous dites tous, ricana Mercédès, et puis ensuite, vous vous comportez comme si ce n'en était pas une. Cochons ! Allez, viens, caresse-moi un peu, tu verras si je suis ou non un fruit de ton imagination.

Sa silhouette, qui se profilait maintenant avec clarté contre la lumière verdâtre de la crypte, tendait vers moi des bras chargés d'invite, à peine plus proéminents que la melonnière céleste nichée entre eux.

– Seul un mirage pouvait éclaircir la nature de mon inclination pour toi, Mercédès.

– Quelle importance, répondit-elle sans spécifier à quoi elle se référait, si ça a servi à ce que tu retrouves le chemin que tu avais perdu ?

Dans la pénombre, derrière moi, une voix ajouta :

– Même si la mystification n'est pas destinée à faire long feu, mon pigeon.

Quand je voulus me retourner pour voir qui avait proféré cette phrase singulièrement menaçante, Mercédès me ceintura de ses bras, m'immobilisant comme Bengoechea arrêtant Tarrés pendant les soirées de l'Iris, et me réduisant à l'impuissance en matière de défense mais non pas de procréation, comme je fus sur le point de le démontrer sans plus tarder.

– Qui est là ? demandai-je, mort de peur.

Un nègre robuste, luisant et couvert d'un cache-sexe de lamé, sortit d'une cachette. Profitant de mon immobilité, il s'approcha de moi, me tâta les fesses et dit sarcastiquement :

– Je suis un petit nègre d'Afrique tropicale.

Et il ajouta, en faisant claquer l'élastique de son slip sur sa peau huilée :

« Je vais te faire une démonstration des multiples qualités de ce produit sans égal.

– Je ne suis pas *gay*, criai-je en ayant recours à la terminologie en usage à laquelle je l'initiai. J'ai des problèmes comme tout le monde, mais je ne suis pas ce que vous pensez. Comprenez-moi, je n'ai rien contre la *gayté*, hormis ma réprobation contre l'utilisation de ce barbarisme quand notre langue dispose de tant de synonymes idoines : phénomène où je vois la preuve non seulement de la servilité de notre culture vis-à-vis de ce qui vient de l'étranger, mais aussi d'une certaine pudeur à appeler les choses par leur nom. Le nègre, pendant ce temps, avait sorti de son cache-sexe gonflé un petit volume de poche, dont il lisait un passage d'une voix monotone :

– Nous avons tous un certain pourcentage d'ambiguïté latente dans notre personnalité, conclut-il en résumant ce qu'il avait lu et en rangeant le livre entre ses jambes. Nous devons apprendre à exister avec cela sans orgueil ni honte. Vous voyez, par exemple (il désignait la bosse du livre), que ce qu'on dit des nègres, c'est quelque chose de proprement culturel. Pardonnez le jeu de mots facile, mais l'amour du paradoxe est inhérent aux cultures les moins complexées.

– Hallucinations ou pas, protestai-je en m'arrachant, non sans peine, aux embrassements de Mercédès, vous ne me soumettrez pas à une psychanalyse partiale et bon marché. Je suis ici pour résoudre une affaire et je pense le faire, avec ou sans votre permission.

Sur quoi, je courus jusqu'à l'autre extrémité de la crypte, en quête de me ménager une sortie pas tant honorable que rapide, tout en me demandant ce qu'il avait bien pu advenir de la pauvre gamine, que j'imaginais déambulant toujours dans les couloirs du labyrinthe, quand un choc contre une surface horizontale et dure me fit revenir à la réalité, si tant est que je m'y trouvais. Je regardai autour de moi et vis que je m'étais cogné à une table basse à pieds de fer et plateau de marbre, qui rappelait un peu l'étal d'une poissonnerie, sur laquelle on distinguait la forme hiératique et peu accueillante d'un cadavre émacié. Je sursautai et détournai le regard, convaincu d'avoir échappé à une hallucination pour tomber aux prises d'une autre, encore moins plaisante, si possible, que la précédente Je regardai à nouveau du coin de l'œil pour vérifier si le cadavre était toujours là et remarquai avec effroi qu'il en allait bien ainsi. Pis : je dus reconnaître en la personne du mort le Suédois ubiquiste que, la veille, j'avais laissé assis dans un fauteuil de l'appartement de ma sœur. Ses chairs, naguère fermes, donnaient des signes de flétrissure, aussi mollassonnes qu'une des blanquettes qu'on vous sert en demi-pension. Pour parachever le tout, des sanglots étouffés provenaient de dessous la table. Je m'accroupis et aperçus ma sœur tapie là, qui pleurait. Elle portait une chemise déchirée et sale, elle était échevelée, pieds nus et sans maquillage.

« Comment as-tu pu atterrir dans cet endroit sinistre ? demandai-je, peiné par les souffrances dont témoignait son aspect général. Et elle de se lamenter :

- C'est toi qui m'as mêlée à cette embrouille. J'étais heureuse, moi, tant que tu végétais à l'asile. Maman disait toujours que tu...

– Arrête ton char, chérie, l'interrompis-je. Tout ce que disait maman n'avait pas force de dogme. Ça nous aurait beaucoup aidé, si tel avait été le cas, mais ni le raisonnement ni l'expérience n'ont, par la suite, confirmé son infaillibilité.

–... que tu me protégerais, poursuivit ma sœur, quand papa et elle ne seraient plus là ; comme tu le dis si bien, la prophétie n'aurait pas pu se montrer plus erronée.

Le nègre reprit la parole :

– Nous payons tous, admirable demoiselle, non seulement pour nos fautes mais aussi pour les préjugés dont a bien voulu nous affubler une organisation sociale ankylosée et timorée. Voyez mon cas, sans aller plus loin : j'ai toujours voulu être poète, et le préjugé racial m'oblige à satisfaire les expectatives féminines les plus rustiques. N'est-ce pas, mon amour ?

– Quel gâchis, si tu t'étais mis à composer des sonnets, chéri ! trancha Mercédès en jetant des regards salaces vers le caleçon protubérant du poète.

Et l'autre de se lamenter :

– Un classique dirait : on ne prête qu'aux riches ! J'avais du talent. Maintenant il est trop tard, mais j'aurais pu être quelqu'un dans le monde du music-hall. Qui suis-je en train d'imiter ? (Il se mit à parler dans l'aigu et tortilla des hanches.) Ma fille, on ne peut plus compter sur l'office ! On aura tout vu ! Vous donnez votre langue au chat ? C'est l'*Alcade de Zalamea* ! Et vous connaissez celle-ci ? A bord d'un avion, il y a un Français, un Anglais, un Allemand et un Espagnol. Non ? Et celle de Franco sur un scooter ? Et celle de l'Avecrem ? J'ai bien plus d'une personnalité, c'est vrai, mais à quoi cela m'aura-t-il servi ? On m'a sucré le rôle de Frère Escobar.

– Viens Candida, sortons d'ici au plus tôt, soufflai-je à ma sœur.

Et je me faufilai sous la table avec la ferme intention de mener à bien ce que j'annonçais ; mais Candida me griffa le visage et me donna au plexus solaire un coup de pied qui me coupa le souffle.

« Pourquoi me traites-tu ainsi ? réussis-je à demander avant de m'évanouir.

18

La maison sur la colline

La première chose que j'entendis en reprenant conscience fut une voix bien connue :

– Mes sœurs, fermez les yeux si vous ne voulez pas voir le postérieur d'un homme. Vous pouvez profiter de ces minutes de recueillement, et chanter un *miserere* pour l'âme de ce malheureux.

Je réussis à murmurer, avec un filet de voix :

– Commissaire Flores ! Comment êtes-vous arrivé jusqu'ici ?

– Ne bouge pas, fit la voix également familière du docteur Sugranes, ou je vais te pincer le prépuce. La lumière est un peu faible et je n'ai plus la main que j'avais. Vous ai-je déjà raconté, commissaire, qu'en mon temps j'ai gagné un concours de tir au pigeon ? Amateur, bien sûr (il avait prononcé le mot avec un accent français).

Je vis alors qu'un chœur nombreux m'entourait : le commissaire, le docteur Sugranes, Mercédès et une rangée de religieuses, parmi lesquelles je reconnus la supérieure qui m'avait rendu visite à l'asile. Elle soutenait entre ses bras la jeune cataleptique dont la chemise était déchirée en plusieurs endroits. Je voulus savoir comment ils l'avaient retrouvée :

– Tu la tenais enlacée sous cette table, sordide pédophile, expliqua le commissaire Flores ; mais la chose n'est pas allée plus loin, d'après les prospections digitales que vient de pratiquer le docteur Sugranes.

– Vous ne m'avez toujours pas dit comment vous êtes arrivés jusqu'ici ?

– Je les ai appelés selon tes instructions, répondit Mercédès tout en baissant mon pantalon pour que le docteur Sugranes puisse me faire une piqûre.

– Et le nègre ? demandai-je.

– Il n'y a pas de nègre, dit le docteur. Tu as déliré, comme d'habitude.

– Je ne suis pas fou, protestai-je.

– C'est à moi de le déterminer.

Le docteur avait pris ce ton professionnel dont il usait quand il voulait dissimuler son irritation.

Je sentis qu'on me passait un coton imbibé d'alcool sur le cul et qu'on y plantait un dard humide. Une saveur amère me monta à la bouche, un éclair m'aveugla un instant. Quand je rouvris les yeux, le commissaire Flores se frottait les mains avec un coton et disait à Mercédès :

– Toucher ce mec et ramasser le tétanos, ça ne fait qu'un. Mes sœurs, vous pouvez ouvrir les yeux, le péril charnel est passé. Si vous le désirez, vous pouvez aussi réintégrer vos cellules. Le docteur et votre serviteur s'occuperont de tout. Au moment où la loi me commandera de le faire, je vous communiquerai les résultats de nos recherches.

– Devrons-nous déposer, commissaire ? demanda la supérieure.

– Le juge en décidera.

– Je vous le dis parce que, dans ce cas, il faudra requérir une dispense épiscopale. Si le concordat n'est pas abrogé d'ici là, bien sûr.

Les petites sœurs sortirent, emmenant l'adolescente. Nous restâmes seuls dans la crypte, le commissaire, le docteur Sugranes, Mercédès et moi.

– Il est apparu aussi un cadavre, dans mes hallucinations dis-je au docteur. Je me réjouis de savoir que tout cela était le produit de mon imagination.

Interruption du commissaire :

– Par malheur tu n'as pas inventé le mort, mon chou. Si tu soulèves le drap, tu le verras.

Il désigna une silhouette macabre sur le sol. Je demandai une explication.

« Chaque chose en son temps. Mais, puisque nous sommes ici, voyons où mène ce passage.

Il sortit un pistolet de la poche arrière de son pantalon et joua avec.

« Suivez-moi à distance et couvrez-vous du mieux que vous pourrez. Avec les normes d'austérité du nouveau gouvernement, je n'ai pas souvent l'occasion de m'entraîner et je ne réponds pas de la précision de mon tir. Quand je pense que j'ai presque été envoyé aux Olympiades de Tokyo !

– Dans ce pays, celui qui se distingue attire l'envie, observa le docteur. Comment te sens-tu ?

– Je peux marcher, dis-je. Mais n'allons-nous pas tomber dans un autre labyrinthe ?

– Ça n'en a pas l'air, constata le commissaire déjà engagé dans le couloir. De plus, s'il est comme l'autre, les labyrinthes, ça me fait rire.

– De quoi ?

– Tous les couloirs conduisaient à la crypte, expliqua le docteur Sugranes. Ils avaient certainement un but psychologique : celui de décourager quiconque découvrirait l'entrée du passage. Mais l'utilisateur n'a pas voulu se risquer à tomber lui-même dans son propre piège et, comme dit la rengaine, il a pris soin que tous les chemins mènent à Rome.

Précédés par le commissaire, nous quittâmes la crypte et pénétrâmes dans un couloir qui partait à l'opposé du point où débouchait le labyrinthe. Le commissaire portait une torche dont les piles donnaient des signes d'épuisement imminent. Le docteur, qui continuait à brandir sa seringue, se tenait derrière lui et je fermais la marche appuyé sur l'épaule de Mercédès, me sentant faible et découragé. Nous marchâmes un bon moment en ligne droite, puis nous arrêtâmes en entendant le commissaire blasphémer.

– Il y a des marches, et je ne les avais pas vues. Ça me fend le cœur : les lampes qu'on nous envoie de Madrid ne valent strictement rien. Un parent de ministre y fait son beurre, pour sûr.

Nous montâmes quelques marches, pour nous heurter à une porte de fer. Le commissaire tenta de l'ouvrir, mais n'y réussit pas.

– Si vous avez un fil de fer, moi je peux l'ouvrir, proposai-je.

Mercédès me donna une épingle à cheveux qui, dépliée, me servit de rossignol. L'obstacle franchi, nous nous retrouvâmes dans une énorme salle, pleine de machines rouillées et poussiéreuses. Il y avait une vanne au fond de la salle et, devant celle-ci, un wagonnet déglingué, duquel sortit à tire-d'aile une bande de chauves-souris criardes. Mercédès réprima avec beaucoup de mal un hurlement de terreur.

Le commissaire était perplexe :

– Qu'est-ce que c'est que cette connerie ?

– Un funiculaire hors d'usage, d'après l'allure, répondit le docteur.

– Voyons où il conduit, dit le commissaire. Toi, essaie de nous forcer cette porte.

Je réussis, non sans mal, à libérer les mécanismes et les ressorts qui fermaient la vanne, et les vantaux métalliques se placèrent bientôt chacun dans une niche latérale. Nous découvrîmes alors, à la lumière de l'aube, le flanc d'une colline couverte de broussailles, le long de quoi filaient les rails du funiculaire.

– Cette guimbarde marche ? se demandait le commissaire, sans s'adresser à personne en particulier.

– Je vais y jeter un coup d'œil, décida le docteur. De nos jours, avec les progrès de la médecine, les gens de la Faculté doivent s'y connaître en mécanique.

Il se mit à taper sur les machines pendant que moi, un peu requinqué par l'air frais montagneux, je demandais au commissaire les explications promises.

– Cette jeune femme, que j'ai connue voilà six ans, dit-il en désignant Mercédès (qui se montrait étrangement renfrognée), et qui, soit dit en passant, a beaucoup changé, en bien, m'a appelé à deux heures et demie du matin et m'a mise au courant de ta randonnée. Craignant que tu ne provoques un nouveau désastre, j'ai prévenu le docteur Sugranes qui s'était galamment offert à coopérer avec moi pour te reprendre et nous nous sommes dirigés vers le collège où, une fois avisées, les religieuses nous ont accompagnés dans la crypte pour veiller à ce que nous ne foulions pas le sol sacré. Nous avons exploré le labyrinthe à l'aide des cierges de la chapelle et découvert, comme te l'a dit le docteur, que ce n'en était pas un mais un artifice pour dépister les curieux qui auraient voulu s'aventurer par là. Que le labyrinthe s'interrompe tout de suite peut être dû au fait que le passage n'avait pas d'autre fin que de faciliter la fuite aux habitants de la maison, ou alors à ce que le devis s'est trouvé dépassé dès le début de la construction. Quoi qu'il en soit, nous sommes parvenus à la crypte et t'avons trouvé sous la table, sur laquelle gisait le cadavre, serrant contre toi une pauvre fillette dont la chemise de nuit s'était déchirée sous tes gesticulations de dément.

Le docteur Sugranes cria de derrière une turbine :

– Eurêka ! J'ai réussi !

Le funiculaire venait de se mettre en marche. Nous sautâmes tous quatre sur la plate-forme, y occupant des sièges couverts de poussière et de crottes de chauves-souris.

– Je ne comprends pas pourquoi tu ne m'as pas communiqué ce que tu avais découvert ni quelles étaient tes intentions, me dit le commissaire pendant que le funiculaire avançait lentement entre des pins odorants disposés le long de la pente. Je t'aurais prêté main-forte et tu aurais couru moins de dangers.

– J'ai voulu démontrer que je pouvais me débrouiller tout seul.

– La méfiance envers les pouvoirs publics est le mal endémique du pays, émit sentencieusement le commissaire.

– Elle est liée à la relation père-fils dans les plus basses classes, expliqua le docteur.

Je glissai un regard en coin vers Mercédès qui ne disait rien. Sa tête, ses épaules et jusqu'au plus remarquable élément de sa structure tombaient. Elle paraissait contempler avec un intérêt démesuré la ville grise et brumeuse qui se déployait par moments à nos pieds. Les réverbères des rues et l'illumination des monuments touristiques s'éteignaient automatiquement tandis que montait la clarté de l'aube. Seules quelques annonces lumineuses de la place Catalunya continuaient à clignoter. Un paquebot fumait dans le port, et l'on distinguait au loin sur la mer la silhouette rectiligne d'un porte-avions de la VIe Flotte. Je pensai avec tristesse que la représentation de tant de clients potentiels aurait réjoui ma sœur. Je criai, sortant brusquement de mes élucubrations :

– Attention, on va être réduits en bouillie !

Le funiculaire était arrivé en fin de parcours et fonçait aveuglément vers une autre vanne fermée. Nous sautâmes du wagon un instant avant qu'il ne s'écrase contre l'écran de fer qui s'interposait devant lui. Il se désintégra ; des éclats, des fragments volèrent, la vanne céda et la plate-forme poursuivit sa marche inexorable, fonçant vers un autre groupe de moteurs, de bobines et de bielles. Il y eut des étincelles, des éclairs violacés illuminèrent la salle des machines, qui se vit bientôt transformée en un fatras méconnaissable.

– Nous avons fait du beau, marmonna le commissaire en secouant de son costume de Maxcali la terre et les brins d'herbe qu'il avait ramassés en tombant et roulant le long de la pente.

– Essayons de voir où nous nous trouvons, suggéra, pragmatique, le docteur.

Nous contournâmes la salle des machines et débouchâmes sur une belle pelouse, qui entourait une grande maison. Alertée par le fracas, une famille en vêtements de nuit se tenait à la porte. Le commissaire demanda à chacun de décliner son identité, ce qu'ils firent avec diligence. Il s'agissait de citoyens honnêtes, qui avaient acquis la maison et le terrain l'entourant, dix ans plus tôt. Ils connaissaient l'existence du funiculaire mais ne l'avaient jamais utilisé et ne suspectaient pas qu'une telle chose puisse se faire. Ils nous offrirent de partager leur petit déjeuner, cependant que le commissaire téléphonait pour qu'une voiture-patrouille vînt nous chercher.

– Toutes les pistes ne conduisent pas nécessairement à une trouvaille spectaculaire, philosopha le commissaire pendant qu'il sirotait son café au lait. Telle est la routine de la police.

Le plus jeune fils de la famille le contemplait avec extase. On voulut me servir le petit déjeuner à la cuisine, mais le docteur refusa de me perdre de vue. Ma présence troublait quelque peu l'aspect festif de l'événement.

19

Où le mystère est résolu

Une fois regroupés dans la voiture-patrouille qui roulait vers Barcelone, je crus le moment venu d'éclaircir les points obscurs qui abondaient dans la chaîne des événements que je venais de vivre :

– Bien entendu, ce qui m'a donné la clé de l'histoire, c'est le récit de Mercédès. Il ne m'était pas venu à l'idée jusqu'à cet instant que l'affaire du Suédois et la disparition de la petite pouvaient être liées. Maintenant, pour moi tout est clair, et c'est pour que vous le voyiez ainsi que je commencerai par le commencement.

« Peraplana était manifestement et doit encore se trouver mêlé à des affaires crapuleuses, la drogue, peut-être, si ce n'est pis. Il suffira pour élucider ce point de feuilleter ces registres grands et petits que les commerçants cachent toujours avec autant de soin que les femmes leurs lèvres homonymes. Au début de ses activités délictueuses, il y a un peu plus de six ans certainement, quelqu'un a découvert la nature de ses manigances, ou la connaissait depuis longtemps, et a menacé de la rendre publique. Je n'exclus pas la possibilité d'un chantage et je pencherais même vers elle. Quoi qu'il en soit, Peraplana ou ses sicaires ont tué l'individu en question. Peraplana était, et il est encore, un homme influent, mais pas suffisamment pour se sortir impuni d'un assassinat si celui-ci venait à être découvert, comme il était sans doute sur le point d'arriver. Il décida donc de dissimuler le meurtre sous un autre crime, de nature telle que les autorités s'accorderaient pour classer l'affaire, enterrant ainsi par inadvertance l'une et l'autre, les deux délits semblant liés. Je crois que je m'explique clairement.

« La fille unique de Peraplana était à l'époque interne dans un collège chic situé sur une propriété qui lui avait appartenu précédemment, et dont il s'était défait pour des raisons financières qui n'ont rien à voir avec notre propos. Ladite propriété avait été érigée par un certain Vicenzo Hermafrodito Halfmann, individu d'origine obscure, aux activités mystérieuses, installé à Barcelone à la veille de la Première Guerre mondiale. V. H. H. avait doté la maison d'un passage secret qu'il avait dissimulé en caveau mortuaire et qu'un funiculaire reliait à la maison de la colline, à des fins que j'aimerais imaginer lascives mais que je suppose plutôt politiques. Peraplana avait découvert le passage et la crypte, mais la maison sur la colline ne lui appartenait pas et il ne savait donc que faire de tout cet appareillage. Des années plus tard, le crime étant commis, il se souvint de l'existence du passage et décida d'en profiter, sachant pertinemment que les religieuses ignoraient complètement son existence.

« Il administra à sa fille, soit par l'intermédiaire d'une religieuse pervertie, soit grâce à quelque autre artifice, un stupéfiant qu'il dut se procurer auprès de l'entreprise laitière qu'il possède, et que celle-ci doit utiliser, je crois, pour accroître le besoin de ses produits chez les consommateurs. Il transporta le cadavre jusqu'à la crypte et, cela fait, alla chercher la petite qui dormait, étrangère à tout. Le plan original prévoyait que la police, enquêtant sur la disparition de celle-ci, découvrirait le mort et, pour ne pas mêler une innocente au scandale, donnerait les recherches pour interrompues. Il est clair que tout fut compliqué par la présence imprévue de Mercédès qui avait suivi Peraplana et la malheureuse Isabel jusqu'à la crypte sans être vue. Je suis d'avis que la drogue administrée à Isabel avait un effet bref et qu'une fois dans le labyrinthe, on lui fit respirer de l'éther pour qu'elle reste inconsciente. Mercédès aspira l'éther et fut victime de rêves où se mêlaient la réalité et son désir. Ça nous arrive à tous, même sans éther, et il n'y a à cela aucun déshonneur. Mais son intoxication ne l'empêcha pas de découvrir le cadavre déposé sur les lieux, et de croire, peut-être sous l'impulsion de rancœurs secrètes, à un crime d'Isabel. Elle n'imaginait pas qu'il pût y avoir une autre personne dans la crypte car, s'il est certain qu'elle l'avait vue, elle avait été trompée par le masque à gaz avec lequel Peraplana se protégeait des effluves d'éther, et l'avait pris pour une énorme mouche. Les espadrilles, Wambas, que Peraplana portait ainsi que le mort, et qui, au demeurant, étaient à l'époque très populaires, contribuèrent à cimenter son erreur. Poussée par son affection pour Isabel, Mercédès prit sur elle d'assumer la responsabilité du crime qu'elle attribuait à son amie et accepta la proposition d'exil que lui fit Peraplana, désireux de se débarrasser d'elle sans compliquer encore les choses par un nouvel assassinat.

« Le succès du plan avait été complet, et Peraplana s'en sortait sain et sauf. Mais, six ans plus tard, un autre maître chanteur l'obligea à recommettre le même crime. Seulement, cette fois, Peraplana avait plus d'expérience. Il s'occupa d'escamoter la fille du dentiste avec la collusion de celui-ci, avant d'expédier sa victime *ad patres*. C'est peut-être à ce moment-là, mais ceci n'est qu'une conjecture, qu'il sut que je m'étais chargé de l'affaire, et imagina qu'il pourrait bien se passer de la crypte et me coller directement le mort sur le dos, comme on dit vulgairement. Supposant avec justesse que je me mettrais en contact avec ma sœur, il lui envoya le Suédois sous prétexte qu'elle lui remettrait le prix de son silence. Ma sœur, elle, ne savait pas comment interpréter les exigences du Suédois, mais habituée aux excentricités d'une clientèle peu choisie, elle ne s'attarda pas à ces détails. Déconcerté, le Suédois partit sur mes traces comme Peraplana l'avait prévu. Il donna même au Suédois, qui devait être un drôle de loulou, des drogues qui, je suppose, contenaient un poison lent. Le Suédois vint mourir dans ma chambre et Peraplana, probablement de mèche avec le portier borgne de l'hôtel, envoya la police pour qu'on m'arrête en flagrant délit. Je m'échappai à temps, et la police me poursuivit pendant que Peraplana et le borgne faisaient passer le cadavre dans la maison de ma sœur où nous le retrouvâmes et où, pour la deuxième fois, je réussis à tromper un inspecteur quelque peu vénal. Puisque j'existais, ce n'était plus la peine de cacher la fille du dentiste, et il la rendit donc à son lit, comme il l'avait fait auparavant pour Isabel. En compre nant que je me proposais d'inspecter la crypte, Peraplana y transporta le Suédois, et Dieu sait ce qu'il aurait fait encore si la mort subite et lamentable de sa fille n'avait obnubilé sa cervelle en le plongeant dans la douleur. Moi, à mon tour, je pénétrai dans la crypte et fus victime de l'éther qu'on y avait répandu en prévision de mon arrivée, et que la mauvaise ventilation avait fait stagner. Il est possible que votre intervention opportune, messieurs, m'ait sauvé de quelque autre danger. Et voilà. C'est tout.

Il y eut un long silence que le commissaire Flores interrompit pour demander :

– Et maintenant ?

– Maintenant quoi ? dis-je. L'affaire est résolue.

– C'est facile à dire. Mais, en pratique...

Il laissa la phrase en suspens pour allumer un cigare et me regarda comme s'il s'adressait à une personne intelligente, chose qu'il n'avait jamais faite jusqu'à présent.

« Je vais t'exposer le problème sans fard. Nous avons, avant tout, ton affaire sur les bras et je la vois ainsi : tu es récemment sorti d'un asile et tu es actuellement recherché pour les motifs que je vais énumérer : maquillage d'un crime, désobéissance à l'autorité, agression contre les forces armées, possession et administration de substances psychotropiques, vol, violation de domicile, fausse identité, abus obscènes contre une mineure et profanation de sépultures.

– Je n'ai fait que remplir mon devoir, alléguai-je faiblement.

– Je ne sais pas ce qu'en pensera le juge d'instruction. Si on additionne toutes les circonstances atténuantes, je ne crois pas que tu t'en tires à moins de la prison à perpétuité. Et il n'y aura pas de nouvelle amnistie avant quarante ans au moins.

Il tira quelques bouffées de son cigare ; le docteur Sugranes toussa en signe de protestation.

« En ma qualité de fonctionnaire, continua-t-il, je ne peux rien proposer. En revanche, une personne sensée et impartiale comme le docteur Sugranes, envisageons le cas, peut recommander que nous laissions les choses où elles en sont. Qu'en dites-vous, docteur ?

– Tant que je n'ai rien à signer, dit le docteur, tout ce que vous direz me paraîtra bon.

– Pour moi personnellement, mener l'affaire plus avant revient au même, ajouta le commissaire. Ça ne me coûtera que quelques heures supplémentaires et elles sont assez bien payées. Mais la pagaille, la paperasse, les comparutions, les antichambres, les confrontations, les audiences... Est-ce que la tranquillité ne vaut pas un petit sacrifice de temps à autre ? Et, en échange de tous ces efforts, qu'obtiendrions-nous ? Les morts étaient des maîtres chanteurs dégoûtants, qui ont bien mérité leur sort. Et puis, tu dois savoir qu'Isabel Peraplana n'est pas morte. Cette gourde a ingéré trois Optalidon, cinq Tranxène et deux suppositoires de Cibalgine avec l'idée de se tuer. Rien qu'un bon laxatif ne puisse soigner. Le numéro de l'ambulance était inutile, mais tu sais comment se comportent les richards quand leur santé les trahit : un mal de tête, et ils se font admettre à l'Hôtel-Dieu. Qu'arrivera-t-il à cette pauvre fille si nous dévoilons maintenant les crapuleries de son père ? Quant à cette demoiselle si silencieuse et rebondie que nous avons à bord de la voiture, ne se retrouverait-elle pas moralement coupable de dissimulation d'homicide ? A quels scandales ne serait-elle pas mêlée, si l'histoire se propageait qu'elle a été entretenue pendant six ans par un délinquant, en contrepartie de sa complicité ou d'autres faveurs que je préfère ne pas spécifier ? Cette appétissante jeune femme est maintenant, grâce à toi, lavée de tout soupçon, et les remords d'avoir causé la mort d'Isabel se sont dissipés avec la nouvelle de son prompt rétablissement. Rien ne l'empêche d'abandonner pour toujours un odieux exil et un passé trouble, et de réintégrer l'excitante vie de Barcelone, pour s'inscrire en philo ou en lettres, devenir trotskiste, avorter à Londres et vivre heureuse. Ton pétulant désir de notoriété ternira-t-il un si brillant avenir ?

Je regardai Mercédès qui avait les yeux cloués sur la fenêtre de la voiture. Comme nous étions bloqués depuis un instant devant un feu rouge et que rien ne justifiait la fixité de son regard, j'en déduisis qu'elle ne voulait pas que je voie ses yeux.

– Promettez-moi de mettre ma sœur en liberté, et j'accepte le marché, dis-je au commissaire Flores. Le commissaire rit de bon cœur.

– Tu as toujours su tirer parti de tout ! Je te promets de faire ce qui sera en mon pouvoir. Tu sais que je ne suis plus aussi influent qu'avant, par les temps qui courent. Tout dépendra essentiellement du résultat des élections.

– Ça va, dis-je, sachant que j'avais épuisé mes cartes dans la négociation.

La voiture-patrouille redémarra, parcourut cinquante mètres et s'arrêta une nouvelle fois.

– Je crois que vous descendez ici, mademoiselle, dit le commissaire en s'adressant à Mercédès. Si vous aimez les courses de taureaux, ne manquez pas de m'appeler, j'ai des tribunes réservées.

Mercédès sortit de la voiture sans rien dire, et je vis disparaître dans la foule ses pastèques oniriques. Le commissaire annonça :

– Ce sera un plaisir de vous raccompagner tous deux à l'asile

Puis au chauffeur ·

« Ramon, passez par le boulevard périphérique, et si c'est aussi encombré, mettez la sirène.

En deux manœuvres habiles, le chauffeur sortit du bouchon

et nous parcourûmes les rues à grande vitesse. Je compris qu'une fois négocié mon assentiment, il n'y avait plus aucune raison pour que le trafic nous retarde. Je vis défiler rapidement à travers la portière des maisons, encore des maisons et des blocs d'immeubles et des terrains vagues et des fabriques puantes et des clôtures sur lesquelles étaient peints des faucilles et des marteaux et d'autres sigles que je n'identifierai pas et des champs mornes et des ruisseaux d'eaux sales et des fils électriques emmêlés et des montagnes de résidus industriels et des quartiers de chalets suspects et des courts de tennis qui se louaient à l'heure, celles du petit matin étant moins chères, et des annonces de futurs projets d'urbanisation de rêve et des pompes à essence où l'on vendait des pizzas et des terrains à vendre et des restaurants typiques et une publicité pour Iberia à moitié renversée et des villages tristes et des pinèdes. Et je pensai qu'après tout, je ne m'en étais pas trop mal tiré. J'avais résolu une affaire compliquée dans laquelle, bien sûr, quelques ficelles flottaient encore de façon suspecte, j'avais joui de quelques jours de liberté, je m'étais bien amusé et, surtout, j'avais connu une femme très belle et pleine de vertus contre laquelle je ne gardais pas de rancune et dont le souvenir m'accompagnerait pour toujours. Je pourrais peut-être encore remettre mon équipe sur pied et gagner contre le club local. Nous pourrions enfin affronter les Schizos du Père Mata cette année et leur arracher la coupe, avec un peu de chance. Je me souvins aussi qu'il y avait une nouvelle oligophrénique dans le pavillon sud qui ne me regardait pas d'un mauvais œil et que l'épouse d'un candidat de l'Alliance populaire avait promis une télé couleur à l'asile si son mari remportait les élections. Et puis je pourrais finalement prendre une douche et, qui sait, boire un Pepsi-Cola, si du moins le docteur Sugranes n'était pas furieux après moi pour l'avoir embringué dans l'aventure du funiculaire. Le monde ne s'arrête pas de tourner parce qu'une affaire n'a pas tout à fait réussi et il y aurait bien d'autres opportunités de démontrer mon bon sens. Et si celles-ci ne se présentaient pas, je saurais bien les rechercher.

Table

RÉALISATION : PAO ÉDITIONS DU SEUIL

GROUPE CPI

Achevé d'imprimer en avril 2006 par
BUSSIÈRE
à Saint-Amand-Montrond (Cher)
N° d'édition : 33306-5. - N° d'impression : 061509/1.
Dépôt légal : janvier 1998.
Imprimé en France

Collection Points

DERNIERS TITRES PARUS

P1325. Niagara, *Jane Urquhart*
P1326. Une amitié absolue, *John le Carré*
P1327. Le Fils du vent, *Henning Mankell*
P1328. Le Témoin du mensonge, *Mylène Dressler*
P1329. Pelle le Conquérant 1, *Martin Andersen Nexø*
P1330. Pelle le Conquérant 2, *Martin Andersen Nexø*
P1331. Mortes-Eaux, *Donna Leon*
P1332. Déviances mortelles, *Chris Mooney*
P1333. Les Naufragés du Batavia, *Simon Leys*
P1334. L'Amandière, *Simonetta Agnello Hornby*
P1335. C'est en hiver que les jours rallongent, *Joseph Bialot*
P1336. Cours sur la rive sauvage, *Mohammed Dib*
P1337. Hommes sans mère, *Hubert Mingarelli*
P1338. Reproduction non autorisée, *Marc Vilrouge*
P1339. S.O.S., *Joseph Connolly*
P1340. Sous la peau, *Michel Faber*
P1341. Dorian, *Will Self*
P1342. Le Cadeau, *David Flusfeder*
P1343. Le Dernier Voyage d'Horatio II, *Eduardo Mendoza*
P1344. Mon vieux, *Thierry Jonquet*
P1345. Lendemains de terreur, *Lawrence Block*
P1346. Déni de justice, *Andrew Klavan*
P1347. Brûlé, *Leonard Chang*
P1348. Montesquieu, *Jean Lacouture*
P1349. Stendhal, *Jean Lacouture*
P1350. Le Collectionneur de collections, *Henri Cueco*
P1351. Camping, *Abdelkader Djemaï*
P1352. Janice Winter, *Rose-Marie Pagnard*
P1353. La Jalousie des fleurs, *Ysabelle Lacamp*
P1354. Ma vie, son œuvre, *Jacques-Pierre Amette*
P1355. Lila, Lila, *Martin Suter*
P1356. Un amour de jeunesse, *Ann Packer*
P1357. Mirages du Sud, *Nedim Gürsel*
P1358. Marguerite et les Enragés
Jean-Claude Lattès et Éric Deschodt
P1359. Los Angeles River, *Michael Connelly*
P1360. Refus de mémoire, *Sarah Paretsky*
P1361. Petite Musique de meurtre, *Laura Lippman*
P1362. Le Cœur sous le rouleau compresseur, *Howard Buten*
P1363. L'Anniversaire, *Mouloud Feraoun*
P1364. Passer l'hiver, *Olivier Adam*

P1365. L'Infamille, *Christophe Honoré*
P1366. La Douceur, *Christophe Honoré*
P1367. Des gens du monde, *Catherine Lépront*
P1368. Vent en rafales, *Taslima Nasreen*
P1369. Terres de crépuscule, *J. M. Coetzee*
P1370. Lizka et ses hommes, *Alexandre Ikonnikov*
P1371. Le Châle, *Cynthia Ozick*
P1372. L'Affaire du Dahlia noir, *Steve Hodel*
P1373. Premières Armes, *Faye Kellerman*
P1374. Onze Jours, *Donald Harstad*
P1375. Le croque-mort préfère la bière, *Tim Cockey*
P1376. Le Messie de Stockholm, *Cynthia Ozick*
P1377. Quand on refuse on dit non
Ahmadou Kourouma
P1378. Une vie française, *Jean-Paul Dubois*
P1379. Une année sous silence, *Jean-Paul Dubois*
P1380. La Dernière Leçon, *Noëlle Châtelet*
P1381. Folle, *Nelly Arcan*
P1382. La Hache et le Violon, *Alain Fleischer*
P1383. Vive la sociale !, *Gérard Mordillat*
P1384. Histoire d'une vie, *Aharon Appelfeld*
P1385. L'Immortel Bartfuss, *Aharon Appelfeld*
P1386. Beaux seins, belles fesses, *Mo Yan*
P1387. Séfarade, *Antonio Muñoz Molina*
P1388. Le Gentilhomme au pourpoint jaune
Arturo Pérez Reverte
P1389. Ponton à la dérive, *Daniel Katz*
P1390. La Fille du directeur de cirque, *Jostein Gaarder*
P1391. Pelle le Conquérant 3, *Martin Andersen Nexø*
P1392. Pelle le Conquérant 4, *Martin Andersen Nexø*
P1393. Soul Circus, *George P. Pelecanos*
P1394. La Mort au fond du canyon, *C. J. Box*
P1395. Recherchée, *Karin Alvtegen*
P1396. Disparitions à la chaîne, *Åke Smedberg*
P1397. Bardo or not bardo, *Antoine Volodine*
P1398. La Vingt-septième Ville, *Jonathan Franzen*
P1399. Pluie, *Kirsty Gunn*
P1400. La Mort de Carlos Gardel, *António Lobo Antunes*
P1401. La Meilleure Façon de grandir, *Meir Shalev*
P1402. Les Plus Beaux Contes zen, *Henri Brunel*
P1403. Le Sang du monde, *Catherine Clément*
P1404. Poétique de l'égorgeur, *Philippe Ségur*
P1405 La Proie des âmes, *Matt Ruff*
P1406. La Vie invisible, *Juan Manuel de Prada*
P1407. Qu'elle repose en paix, *Jonathan Kellerman*
P1408. Le Croque-mort à tombeau ouvert, *Tim Cockey*

P1409. La Ferme des corps, *Bill Bass*
P1410. Le Passeport, *Azouz Begag*
P1411. La station Saint Martin est fermée au public
Joseph Bialot
P1412. L'Intégration, *Azouz Begag*
P1413. La Géométrie des sentiments, *Patrick Roegiers*
P1414. L'Ame du chasseur, *Deon Meyer*
P1415. La Promenade des délices, *Mercedes Deambrosis*
P1416. Un après-midi avec Rock Hudson
Mercedes Deambrosis
P1417. Ne gênez pas le bourreau, *Alexandra Marinina*
P1418. Verre cassé, *Alain Mabanckou*
P1419. African Psycho, *Alain Mabanckou*
P1420. Le Nez sur la vitre, *Abdelkader Djemaï*
P1421. Gare du Nord, *Abdelkader Djemaï*
P1422. Le Chercheur d'Afriques, *Henri Lopes*
P1423. La Rumeur d'Aquitaine, *Jean Lacouture*
P1425. Un saut dans le vide, *Ed Dee*
P1426. En l'absence de Blanca, *Antonio Muñoz Molina*
P1427. La Plus Belle Histoire du bonheur, *collectif*
P1424. Une soirée, *Anny Duperey*
P1429. Comment c'était. Souvenirs sur Samuel Beckett
Anne Atik
P1430. Suite à l'hôtel Crystal, *Olivier Rolin*
P1431. Le Bon Serviteur, *Carmen Posadas*
P1432. Traité de savoir-vivre à l'usage des jeunes Russes
Gary Shteyngart
P1433. C'est égal, *Agota Kristof*
P1434. Le Nombril des femmes, *Dominique Quessada*
P1435. L'Enfant à la luge, *Chris Mooney*
P1436. Encres de Chine, *Qiu Xiaolong*
P1437. Enquête de mor(t)alité, *Gene Riehl*
P1438. Le Château du roi dragon, La Saga du roi dragon I
Stephen Lawhead
P1439. Les Armes des Garamont, La Malerune I
Pierre Grimbert
P 1440. Le Prince déchu, Les Enfants de l'Atlantide I
Bernard Simonay
P1441. Le Voyage d'Hawkwood, Les Monarchies divines I
Paul Kearney
P1442. Un trône pour Hadon, Le Cycle d'Opar I
Philip-José Farmer
P1443. Fendragon, *Barbara Hambly*
P1444. Les Brigands de la forêt de Skule, *Kerstin Ekman*
P1445. L'Abîme, *John Crowley*
P1446. Œuvre poétique, *Léopold Sédar Senghor*

P1447. Cadastre, *suivi de* Moi, Laminaire..., *Aimé Césaire*
P1448. La Terre vaine et autres poèmes
Thomas Stearns Eliot
P1449. Le Reste du voyage et autres poèmes, *Bernard Noël*
P1450. Haïkus, *anthologie*
P1451. L'Homme qui souriait, *Henning Mankell*
P1452. Une question d'honneur, *Donna Leon*
P1453. Little Scarlet, *Walter Mosley*
P1454. Elizabeth Costello, *J.M. Coetzee*
P1455. Le maître a de plus en plus d'humour, *Mo Yan*
P1456. La Femme sur la plage avec un chien
William Boyd
P1457. Accusé Chirac, levez-vous !, *Denis Jeambar*
P1458. Sisyphe, roi de Corinthe, *François Rachline*
P1459. Le Voyage d'Anna, *Henri Gougaud*
P1460. Le Hussard, *Arturo Pérez-Reverte*
P1461. Les Amants de pierre, *Jane Urquhart*
P1462. Corcovado, *Jean-Paul Delfino*
P1463. Hadon, le guerrier, Le Cycle d'Opar II
Philip José Farmer
P1464. Maîtresse du Chaos, La Saga de Raven I
Robert Holdstock et Angus Wells
P1465. La Sève et le Givre, *Léa Silhol*
P1466. Élégies de Duino *suivi de* Sonnets à Orphée
Rainer Maria Rilke
P1467. Rilke, *Philippe Jaccottet*
P1468. C'était mieux avant, *Howard Buten*
P1469. Portrait du Gulf Stream, *Érik Orsenna*
P1470. La Vie sauve, *Lydie Violet et Marie Desplechin*
P1471. Chicken Street, *Amanda Sthers*
P1472. Polococktail Party, *Dorota Maslowska*
P1473. Football factory, *John King*
P1474. Une petite ville en Allemagne, *John le Carré*
P1475. Le Miroir aux espions, *John le Carré*
P1476. Deuil interdit, *Michael Connelly*
P1477. Le Dernier Testament, *Philip Le Roy*
P1478. Justice imminente, *Jilliane Hoffman*
P1479. Ce cher Dexter, *Jeff Lindsay*
P1480. Le Corps noir, *Dominique Manotti*
P1481. Improbable, *Adam Fawer*
P1482. Les Rois hérétiques, Les Monarchies divines II
Paul Kearney
P1483. L'Archipel du soleil, Les Enfants de l'Atlantide II
Bernard Simonay
P1484. Code Da Vinci: l'enquête
Marie-France Etchegoin et Frédéric Lenoir